Mermaid Chronicles
第二部
マーメイドクロニクルズ
財部剣人《たからべけんと》

マーメイドクロニクルズ

Mermaid Chronicles

第二部

財部《たからべ》剣人《けんと》

主な登場人物

冥界関係者

プルートゥ　「裁くもの」で冥主
ケルベロス　3つ首の魔犬。「監視するもの」でキルベロス、ルルベロス、カルベロスの父
ヴラド・〝ドラクール〟・ツェペシュ　親衛隊の大将軍。「吸い取るもの」で人間時代は、「串刺し公」とおそれられたワラキア地方の支配者
ローラ　〝ドラクール〟の妻で、サラマンダーの女王。「燃やし尽くすもの」
アストロラーベ　ヴラドとローラの長男で、親衛隊の軍師。「あやつるもの」
スカルラーベ　同次男で、親衛隊の将軍。「荒ぶるもの」
マクミラ　同長女で、人間界に送り込まれる冥界最高位の神官でヴァンパイア。「鍵を開くもの」
ミスティラ　同次女で、冥界の神官。「鍵を守るもの」
ジェフエリー（ジェフ）・ヌーヴェルバーグ・ジュニア　マクミラの育ての父
悪魔姫ドルガ　死の神トッドの娘で「爆破するもの」。マクミラに恨みを晴らそうとする四人の魔女の一人
氷天使メギリヌ　悩みの神レイデンの娘で「いたぶるもの」。マクミラに恨みを晴らそうとする四人の魔女の一人
蛇姫ライム　闘いの神カンフの娘で「酔わすもの」。マクミラに恨みを晴らそうとする四人の魔女の一人
唄姫リギス　責任の神シュルドの娘で「悩ますもの」。マクミラに恨みを晴らそうとする四人の魔女の一人

海神界関係者

ネプチュヌス　海主。「揺るがすもの」
トリトン　ネプチュヌスの息子。「助くるもの」

シンガパウム　親衛隊長のマーライオン。「忠義をつくすもの」
アフロディーヌ　シンガパウムの長女で最高位の巫女のマーメイド
ナオミ　同末娘で人間界へ送り込まれるマーメイド。「旅立つもの」
トーミ　ナオミの祖母で齢数千年のマーメイド。
ケネス　元ネイビー・シールズ隊員。人間界でのナオミの育ての父
夏海　人間界でのナオミの育ての母。その後、ニューヨークに
ケイティ　ナオミのハワイ時代からの幼なじみ

天界関係者

ユピテル　「天翔るもの」で天主
アポロニア　アポロンの娘で親衛隊長。「継ぐもの」
ケイト　アポロンの未亡人。「森にすむもの」
ペルセリアス　同三男で天使長。「率いるもの」で天界では金色の鷲。人間界ではクリストフ
墮天使ダニエル　マクミラの「血の儀式」と神導書アポロノミカンによって甦ったクリストフ
コーネリアス　同末っ子で「舞うもの」。天界では真紅の龍。人間界では孔明

ところで、女はいちごのような唇で
蛇が身を焦がすように、体をくねらせ
コルセットの骨の上から両の乳房を揉んで
麝香の香りがすっかりしみ込んだ言葉を、
流れ出るにまかせていた。
――シャルル・ボードレール『悪の華』発禁の断章

恐れられたこの私の腕に一人の男をきつく抱くとき、
あるいは、内気なくせに淫蕩で、か弱いのにたくましい、
この胸を、噛まれる苦痛に委ねるとき、
感動を恍惚となった敷物の上で、
ああ、不能の天使だって、私を恋いこがれて堕ちていく！
――同書同章

身も凍えるような恐怖に両眼を閉じ、
生き生きとした光で、また眼を開けたとき、
たっぷりと血を蓄えたらしい力強いマネキン人形にかわり、
両脇は雑然と震える骸骨のかけら。
それらがひとりでにたてるのは、冬の夜毎に、風がゆする、風見鶏か、
細い鉄の棒の先の看板の叫びか。

――同書同章

＊ボードレール『悪の華』の翻訳部分は、ジャン・マリニー『吸血鬼伝説』創元社（一九九四）
より引用させていただきました。
記して感謝させていただきます。

プロローグ

我が名はマクミラ。

かつては冥界の神官だった。あるいは、人間から見れば魔女と呼ばれる存在なのかもしれぬ。冥界にいた頃には、もっとも縁遠いものが愛でもっとも身近な友人が孤独であった。だが、人間界に来てからは死がもっとも身近な存在となった。生きながら死んでいる、あるいは、死にながら生きている不死者ヴァンパイアとして過ごしてきたからだ。

最近、気がつけば神と悪魔のことを考えている。

神とはいったい何か？　神学者共が答を出してきたが満足ゆく答えは得られていない。あえて言えば、何かにすがらずにはいられぬ人間が生み出したもの。神こそ全知全能の存在という思いこみ。それが彼らに信仰を持たせている。

しかして悪魔とは？　その存在が、すべての宗教人に肯定されていないのは興味深い。基督教の聖職者を例にとっても悪魔の存在を否定するものは多い。全知全能の神の対極にマイナスの力があるのは許せないというわけか？

「神」が人の信仰心の産物なら、「悪魔」は人のご都合主義の産物。その存在を信じることで、都合の悪いことは人をたぶらかしいたぶってよろこぶ悪魔のせいにすればすべて事足りるというのか？

とんでもない！

人間の本性こそ悪であり、同時に矛盾する善を持った存在。嫌いな相手にはいくらでも暴力的になれるくせに、好きな相手にはいくらでも愛をそそげる。

なぜ人間をきらうかって？　神官だった頃、あまりにも多くのあさましい魂を見てきてしまったから。人間界に来てから、あまりにも多くのあまのじゃくな者たちを見てきてしまったから。

といって、わたしが悪魔の側に立っているわけではない。人間界に来てからは奴らから冥界時代のうらみをはらそうとねらわれているようだし……

本当かって？　別に信じてもらおうとも思わないし、あなたにそもそも神と悪魔の区別さえつくとも思えない。

わたしのこれまでの体験談が聞きたいって？　よいだろう。こんな闇夜は冥界を思い出してセンチな気分にもなる。わたしが人間嫌いになった訳を気まぐれに聞かせるとしよう。

さあ、今宵の物語を始めようではないか。

第1章

1 ビッグアップルの都市伝説

カンザスの戦いから二年、一九九三年初夏のニューヨーク。

翌年に就任するルドルフ・ジュリアーニ市長の破れ窓理論*を応用した復興キャンペーンはまだ始まっておらず、経済は沈滞し、治安は最悪で、文化も衰退していた。八〇年代中盤の株式ブームによって回復した経済も八七年のブラックマンデーによってブームは終わりを告げ、その後の不況と比例するかのようにニューヨークでは凶悪犯罪、売春が増加し、人々の気持ちもすさみつつあった。

マンハッタンで最も治安の悪いロウアーイーストサイドにいたってはスラム街と大差ない環境で、住民の四〇%が失業者で、アルコール中毒者、麻薬常習者、精神疾患者であふれかえっていた。異人種間のもめごともしょっちゅうであり、建造物の四分の一は空き家同然であった。

The Big Appleは、まさに「強大な腐ったリンゴ」になりつつあった。

アメリカはさまざまな顔を持っているが、ニューヨークこそ「人種のるつぼ」「モザイク社会」の縮図であった。十九世紀後半から二十世紀半ばまで移民のニューヨークへの玄関口となったのは、エリス島であった。

第二次大戦以前は、イタリアを中心とするヨーロッパ系が多かった移民構成も、戦後はラテン系、アジア系、アラブ系と多様性を増していった。二十世紀末時点のニューヨークは、約三分の一が白人、約四分の一がヒスパニック系、約四分の一弱が黒人、約一割がアジア系で、残りが雑多な人種という構成であった。

チャイナタウンやリトルイタリー、スパニッシュハーレムといった有名どころに加えて、タイ系、メキシコ系、インド系、韓国系とほぼ人種の数と同じだけエスニックタウンがあった。ひとつには、彼らが自文化や生活様式の保持を望んだこともあるが、ストリートギャングのような若い犯罪者集団にとって同胞が助け合うことは自衛の手段であった。同時に、同胞こそが最初で最後のよりどころとしての共同体の意味も持っていた。

不死身の中国人ジミー、命知らずのイタリア人ロッコ、コリアン悪魔のカンなど、腕自慢たちの逸話が都市伝説として残っていた。そんなニューヨークに新たな都市伝説が加わった。

夜毎、魔犬に飛び乗ったゾッとするほど美しい魔女が、水もしたたる美男子の堕天使を従えて幹線道路を疾駆する。出来の悪いホラー、それもとびきり出来の悪いホラー小説でもちょっと設定しないような話だった。

ある晩は、ブルックリン橋から、イーストリバー沿いにマンハッタンへ。別の晩は、ミッドタウンからルーズベルト島に。またある時は、ハドソンリバーを越えてニュージャージーへ向かって。

コンビはミュージカル「オペラ座の怪人」から抜け出したような装束で、深夜のニューヨークを走り抜けた。単なる夏の怪談で終わるような話にNYPD（ニューヨーク市警）が関わらざるおえなくなったのは、市民からの通報があいついだからだった。

「あの逆走するアホウどもをなんとかしろ！」

＊一九八二年、政治学者ジェームズ・ウィルソンと犯罪学者ジョージ・ケリングが提唱した犯罪抑止理論。建物の窓を割れたままにしておくと、管理者がいないと思われ、ほかの窓も次々と割られて全体が荒廃する。同様に、小犯罪を見逃すと地域全体の治安が悪化していくので、軽犯罪の徹底取り締まりが、より重大な犯罪を抑止し地域の安全を守ることにつながるとする考え。

2 深夜のドライブ

「マクミラ、今夜はどうするんだ？」ハーレーダビットソンFXSTSスプリンガー・ソフテイルをフルスロットルで走らせる堕天使ダニエルが声をかける。

「セントラルパークに！　禍々しいオーラがふくれあがりつつあるわ」キルベロス、カルベロス、ルルベロスの三匹が合体した魔犬ジュニベロスにまたがったマクミラが、深夜の幹線道路を逆走しながら怒鳴るように答える。

　このところマクミラは、ダニエルと一緒の真夜中の魔物狩りが日課になっていた。どうしたわけか、最近、冥界時代に牢獄に閉じこめたはずの魔物たちが人間界に下りてくるようになっていた。

狩られるのは性に合わない、マクミラは狩られるより狩る側にまわろうと考えた。カンザスでの闘い以降、目覚めつつある力をもてあましており心と身体の両方が闘いを望んでいた。

いったん闘いだすとザコ相手ではもの足りない反面、危険な連中が人間界に来ると困ったことになる予感もしていた。だが、最凶の囚人たちは最高度に厳重な牢獄に閉じこめられているはずであった。マクミラの後を継いで最高位の神官になった妹ミスティラを信用したいと思った。だが冥界からの脱獄者が続く現状を考えると、結界がゆるまぬように祭祀をとりおこなうだけでなく、残留思念で牢獄をきちんと維持できているか不安になった。


二人が到着した時、目の前で十数人の若者たちが叫びながら殺し合っていた。ナイフを持った者もいれば拳銃を乱射している者もいた。生まれつき盲目のマクミラには、彼らの肌の色はわからなかったが異人種ストリート・ギャング団どうしの争いだった。

ジュニベロスにまたがったマクミラが、パチーーンと指を鳴らした。

命知らずだが、まだ少年のあどけなさを残したギャングたちが振り返る。

「ケガしないうちにお家へお帰り」マクミラがハスキーボイスで叫んだ。「ここはあぶないわ」

「何様のつもりだ?」一方のグループのボスらしいタイ系の少年が、魔犬を見て震える声で答える。

「仲間が抗争事件で五人も撃たれたんだぞ。そっちこそ引っ込んでいてもらおう」

「ジュニベロスを見てビビってるようじゃ、これから起こることに耐えられそうもないわね。夜遊びをやめてとっととお帰り!」

「こっちだって、はい、そうですかってわけにはいかないんだ。あんたらがうわさの化け物コンビか?」イタリア系で整った顔立ちの、やはり一方のリーダーらしい少年が答える。

「聞き分けのない坊やたち。狂気があぶない奴を呼び寄せるのがわかっていないんだから」マクミラは背中から真っ赤な二本の鞭を取り出した。「無知な子供たちを鞭でビビらすとするか(Let me whipcrack crackpots.)」

「マクミラ、俺がやろうか?」ダニエルがバイクに乗ったまま尋ねる。「手加減できるか?」

「大丈夫よ。ただ、あまり時間がないけど……」

今度は指ではなく鞭をパチーンとならすとマクミラが言った。「めんどうだ。両方いっぺんにかかっておいで!」

「なめんじゃねー」イタリア系美少年が叫ぶとナイフが宙を飛んだ。

タイ系の少年のマイクロ・ウージーからも同時に銃弾が発射された。

3 子供扱い

マクミラが一瞬の内にワイヤー入りの鞭を左右に振ると、右の鞭にナイフがからみとられ左の鞭に銃弾が取り込まれる。いつのまにか両方の鞭に炎が走っている。

「坊やたち、まだまだあまい」マクミラはつぶやくと、鞭をさらに一振りする。

燃える炎が二人のストリート・ギャング団リーダーの頬を一撫でする。

アチッ、彼らが思わず声をあげる。

「次は、火だるまだよ」

脅しに二人がゾッとしたときだった。

どこからかゴースト・トレーラーが突如として現れた。

引っ越し荷物などを運ぶ「鉄の固まり」のようなトレーラーには、普通なら牽引車がついている。

このトレーラーには牽引車がなく、どこに進むかわからない頼りなさで当たるのを幸いになぎ倒していく。

停めてあったギャングたちのバイクにトレーラーがぶつかると、激しい音を立ててバイクの車体を引き裂きランプをつぶしてぐるりと180度回転しながらフラフラとさらに進んでいく。

棒立ちになったギャング団数人が巻きこまれる。他の連中もさっきまでの興奮を忘れてあっけにとられている。

チッ、マクミラが舌打ちする。運が悪いね、坊やたち。

ゴースト・トレーラーの後部ドアが開くと、次々と悪鬼たちが現れる。

さながらその動きは地獄のバネ仕掛け人形のよう。

ゆっくりと、だが山のような筋肉を左右にゆすっている。

「久しぶりだな。魔界の大王ワンブリッジ様がお礼参りに来たぞ」相手を退路のないところに追い込んでいたぶることで知られた牛のような姿の悪鬼が、まだなれていない人間の言葉で話す。

「魔界の貴公子グリッド様を覚えているか？　相変わらずきれいな顔をしているな。お前に恋いこがれて、もう何千年過ごしたろうか？」とてつもなく醜い顔をした全身が甲羅でおおわれた悪鬼がからむような声で言った。

「ああ、またお前に会えるとは！　今日こそ、その美しい姿を魔界の恐怖ヒードン様がズタズタに引き裂いてやる」自尊心のかたまりで嫉妬しかできない猛禽類の姿をした悪鬼が感に堪えないようにつぶやく。

「お前たち、わたしの前にまた顔出しをするとはいい度胸だね。冥界ではまるで相手にならずに捕まえられたことをお忘れかい？」闘いを前にして高ぶりを押さえられないマクミラが続けた。「坊やたち相手で欲求不満になっていたところだ。さあ、久しぶりに思い切り戦うとするか」

「いいのか、そんな強気で？　ここにはお前の父親も兄弟もいないのだぞ」ヒードンが答える。

「ザコ相手にはわたし一人でおつりがくるわ」

「ドブ掃除は俺にまかせろ」ダニエルがマクミラを制して言った。

「ダメよ。わたしが一匹、あなたが一匹。一匹だけ残してつるし上げよう」

4 堕天使ダニエル

「う～ん、いいにおいがする。まずは腹ごしらえといくか」グリッドが突然気づいたように言った。

他の二匹もうなずくと飛び跳ねるやいなや、ストリート・ギャングたちを頭からバリバリ食べ出す。メンバーたちはあまりの恐怖に腰が抜けている。

「おい、お前の相手はこっちだ！」ダニエルはヒードンに言い放つと、セラフィム（織天使）だけが持つ六枚の羽を広げて飛び上がった。ただし、羽は金色ではなく暗い黒色だったが。

「なんだ、このオーラは！　まさかセラフィムが地上に？　なぜ黒い羽？」

ダニエルは、マクミラを傷つけると言ったヒードンを許せなかった。

「地獄で後悔しろ！　ミックスト・ブレッシング！」ダニエルの右眼から白い熱線が、左目から黒い熱戦が発せられた。黒い熱戦は黒色火薬のようにヒードンの身体を幾重にも包むと、一瞬後に白い熱戦が時限爆弾のように発火した。

ヒードンは丸焦げになって絶命した。

今度はマクミラの番だった。

真っ赤な鞭をグリッドに向け振り下ろすと、鞭自体が巨大な炎を生み出した。サラマンダーの血を強く引く兄たちと比べて発火能力の弱いマクミラが編み出したピュリプレゲドン・フィップである。

グリッドの甲羅にヒビが入り、次の瞬間、内部から地獄の劫火が吹き出した。グリッドはのたうち回りながらも今度は殺してくれるのか？　おお、お主に殺されるなら本望ではないかとつぶやきながら燃え尽きていく。

一人残されたワンブリッジをマクミラとダニエルが挟む格好になった。

「油断するなよ」ダニエルが声をかける。

「わかってる。待たせたわね。お前は簡単には殺さない。なんで冥界に閉じこめた魔物たちがこうも急に人間界に来るようになったかを教えてもらうよ」

「色男が一緒で強気になったか。もしもこの星が消滅したとしてもお前になど何か教えてやるつもりはないわ」

だが、すでにマクミラは手を打っていた。

ジュニベロスの三首の口から瘴気（しょうき）がはき出されて立ちこめていた。瘴気を吸い込むと神々でさえ意識が失われて、魔界の狼よりも鋭い牙に噛みつかれ振り回され冥界親衛隊の前に引き出されてしまう。

ワンブリッジもマクミラと話をしている内に自分の周りが瘴気で覆われていることに気づいた。

「しまった！　してやられたか」

「成長しない悪鬼だね。ジュニベロス、押さえつけて！」

一声、叫ぶとジュニベロスはワンブリッジの上に飛び乗って首にするどい牙を押し当てた。巨大な悪鬼もジュニベロスの前には赤子のようであった。

「た、助けてくれ！」

「もしも秘密を話すのなら、冥界の牢獄に送り返すだけで許してあげる。なぜ人間界に次々と魔物が現れるようになったの？」

5 マクミラの仲間たち

「お前の妹ミスティラでは、まだ神官には力不足だったのだ。冥界の牢獄の結界がゆるんできている」

「やはりそうか……だが、お主たちの実力では牢獄は簡単に破れないはず。何か他にも理由があるだろう」

「四人の魔女が……ドルガ、メギリヌ、ライム、リギスが、逃げ出した混乱に生じてわれわれも抜け出したのだ」

「あの四人が！」もともと青ざめたマクミラの顔がさらに青ざめた。

一瞬、マクミラの注意がそれた。

ずっと隙をうかがっていたワンブリッジが、押さえつけていたジュニベロスの太い前足から逃れてマクミラに飛びかかった。

油断なく予想していたダニエルが両眼から熱戦を発射すると、ワンブリッジの全身が燃え上がった。断末魔の叫びを上げながらも捨て台詞を残す。

「調子に乗っていられるのも今の内だ。魔女たちだけではない、この地に禍々しいオーラが高まりつつある。魔神スネールが甦る日が近づいている！　そうすればお前など……ア、ア、アーー」

ワンブリッジの燃え尽きたあとには骨一本残っていなかった。

「ケガはないか？」

「大丈夫。でも、面倒なことになった」

「四人の魔女とは誰だ？　魔神スネールとは？」

「あなたは神だった頃の記憶をほとんど失っているんだったわね。タワーへ戻りましょう。対策を立てなくては」

その時、タイ系ストリート・ギャング団のメンバーがおそるおそるマクミラに声をかけた。「あの、俺の名はトニー。今日は……ありがとうございました」

マクミラが氷の微笑を浮かべた。

「お礼を言われる筋合いじゃないわ。人間同士の殺し合いは、大歓迎。今回は、わたし目当ての悪鬼退治のじゃまをして欲しくなかっただけ。それにしても、人間の愚かさかを見せつけられる度にゲームを続ける気がうせるというもの。さあ、遠慮なく殺し合いを続けるがよいわ」

イタリア系のリーダーとタイ系のリーダーが顔を見合わせる。

「おい……」

「今日のところは解散とするか。けが人の手当もしなくちゃならないし」

マクミラはため息をついた。

危険だから帰れと言われれば、意地になって居残る。勝手に殺し合いをすればよいと言われれば、やめる。なんと、人間とはあまのじゃくな存在なのか。真理を探究しようとする学問ばかりではなく、今後は人間心理でも研究するか。

考え事をしていたマクミラに、イタリア系のリーダーが声をかけた。

「俺の名はロッコです。魔女の……いえ、マジ恩人のお姉さんの名前は？」

「我が名はマクミラ」ドラクールの眷属の証であるとがった犬歯がのぞいた。

言うが早いか、ジュニベロスにまたがって去っていく。ストリート・ギャングたちは茫然と立ちつくしながら、マクミラ……とつぶやいた。

こうして彼女は、「堕天使を従えて、深夜の幹線道路を魔犬にまたがって時速百マイルで逆走する麝香の香りをただよわせた魔女」という都市伝説の一ページになった。（注、百マイル＝百六〇・九三四四キロメートル）

6 ケネスからの電話

　カンザスの闘いから一年経った一九九二年初夏のある夜、聖ローレンス大学学生寮で一人ぼんやりとしていたナオミの部屋の電話が鳴った。午前一時ちょうどだった。受話器を取る前から、ナオミには父ケネス・アプリオールからの電話だという確信があった。

「ケネス！」

「まるで電話がかかってこないわけじゃないだろ。なんで俺からとわかったんだ。こんな夜中にすぐ受話器を取るなんて、いつも電話の前で待ってるのか？」

「そんな冗談より、何で連絡をくれなかったの！」

「一年に一度は会おうと言ったのを忘れたわけじゃない。ちょっと面倒な事情があってな……やっと電話できた」

「事情って……元気だったの？　ずっと戦場にいたの？」

「最初の質問に対する答えは、イエス。二番目の質問に対する答えは、ノーだ。戦場にはいなかった。俺は、どうやらもうお払い箱らしい。湾岸戦争終結後は、行方不明になった奴らの消息探しの任務を与えられていたんだ」

「一年も連絡さえくれないなんてひどいじゃない」

「そうとんがるな。電話じゃ、機密事項を話せないのは知ってるだろ？　今日は、盗聴防止用の特別回線からかけてるから大丈夫だが。どうやらお前、とんでもないことに首をつっこんでるようだな」

「何のこと、言ってるの？」

「カンザスのアポロノミカンをめぐる闘い、聞いてるぞ。今日は、くわしい話を聞きたいと思ってな」

ナオミは、あの時の体験を誰にも話す気にはなれなかったし、返事の来ないケネスに一方通行のように送った手紙でも触れていなかった。ナオミは、できるだけあの時のことを思い出してケネスに説明した。

　黙って聞いていたケネスが言った。

「マクミラって奴、気に入らないな。これだけの事件に関わって、おとがめなしとは納得できない。強大な権力ともつながってるはずだ……それはそうと、お前の初陣としちゃ、まあまあだな。二人でゾンビー・ソルジャー十三人を倒したとは、とりあえずほめておいてやるか」

「途中で分裂したから三〇人以上だよ！」

「だが、最後はアルゴス坊やの手を借りたんだろ？」

「そりゃ、そうだけど……」

「そいつらの襲撃の目的は考えたか？」

「目的？」

「闘いを運まかせなんては、もってのほかだぞ。生き残るための条件その一。勝っても負けても、検証して学ぶべきは学んでおく。負けた方は、次は勝った方の何倍も用意周到になってくる」

お払い箱と冗談にまぎらわせているが、ケネスは格闘技でも銃器でも、戦略立案でも状況分析でも、シールズの中でベスト・オブ・ザ・ベスツの成績を残してきた。こういう電話を受けると、自分がまだアマチュアでケネスがプロフェッショナルだと悟った。同時に、久しぶりの電話なのにずいぶんきびしいことを言うと最初は思ったが、本当はナオミを心配してくれているのだとわかった。

7 襲撃の目的

「ケネス、だてに長年ネイビーにはいないね」

「ちゃかすんじゃない。学習能力のない奴はいつか命を落とすか、大切な仲間を失う。学習能力の高い奴だけが生き残れる。一度くらい勝ったと調子に乗っていると痛い目を見るし、逆に、敗北から財産を得ることもある。覚えとけ。襲撃の目的には三つある。第一が様子見だ。序盤戦でよくあるパターンだが、実力がかけ離れている場合ならいやがらせや、余裕をもっている場合なら脅し。一目置いている場合なら、牽制の可能性もある。だが、今回はそうした可能性は排除していいだろう。なぜかわかるか?」

「全滅させられるまで闘ったのだから様子見ではない」

「及第点の答えだ。様子見だったなら、そこそこの奴を出して勝てば御の字、負けそうなら適当な時点で撤収させている。全員を真っ正面からつぎ込むなんてありえない。じゃあ第二の可能性、本気の襲撃を説明しよう。敵の殲滅を目指して周到な攻撃をしかける場合だ。戦略的に最重要な対象にならば、いきなり全勢力を傾けることもありえる。この可能性に関してはどう思う」

「たぶん違う。私たちに負けるようじゃ主力部隊とは思えないし、私たちがそれほど重要なターゲットだったとも思えない」

「謙虚だな。だが、たぶん当たりだ。闘いの最中にゾンビー・ソルジャーの『ころしてくれ』という声を聞いたというのは間違いないんだな？」

「まちがいないわ。あの声を聞かなかったら心を鬼にできなかったかも」

「ナオミらしいな。そいつらは何の訓練も受けていない非戦闘員が無理矢理に戦わされていたんだろう。そんな連中に勝ったとしても何の自慢にもならない。考えてみろ。もしも命知らずで、特殊工作部隊の訓練を受けた連中がゾンビー・ソルジャー化されていたらどうだ？　次も勝てるか？」

　ナオミはそんな状況を想像してぞっとなった。

「いいか、特殊工作部隊の連中は資質も訓練も与えられる任務も当たり前のものとは段違いなんだ。たとえば、湾岸戦争はわずか数十人の犠牲者によって勝利を収めたとメディアによって報道されてる。フン、冗談じゃない！　月のない夜にレーダー装置を働かなくさせて最初の空爆を成功させるために、百人は特殊工作部隊員がワイヤーケーブル切断作業中に死んでるさ！　だが、奴らの死体のほとんどが見つかってないんだ」

「MIA?」(〝missing in action〟の略で「任務遂行中の行方不明」の意)

「その通り。どんな戦闘でも犠牲者全員の死体が見つかるわけじゃないし、何人かが捕虜になっている可能性も否定できない。しかし今回はMIAの数が多すぎる」

「それは、つまり……」

「カンザスでお前たちが闘った連中同様、どこかでゾンビー・ソルジャー化されてる可能性があるってことだ」

「まさか! カンザスの闘いではクリストフも行方不明なのよ」

「もうしばらく調べてみる。現時点ではっきりしたことは言えないが、調査は大分核心に迫ってる。ミシガン山中にあやしげな施設があるらしいんだが、周辺の警備が厳重すぎて入り込めない」

ケネスが続けた。「話を戻そう。俺は奴らのカンザス攻撃の目的は三つ目の可能性が高いと思ってる」

「それは?」

8 シミュレーション

「シミュレーションだ」

「シミュレーション?」

「味方の戦闘能力のチェックと相手の戦闘能力の情報収集が目的だ。様子見とシミュレーションの違いはデータ収集のためならいかなる犠牲もいとわない。負けっぷりのよさだっていい情報提供になる。戦士は戦死するための消耗品だ」消耗品の部分でケネスが苦々しい口調になった。

「おそらくシミュレーションに間違いないだろう。マクミラが、お前や孔明とかいう奴を『目覚めさせる』とか言っていたというのは余裕というかなんというか……」

「あるいは何かのゲーム……」

「人間の命をもてあそぶゲームか?」

「ふとそんなイメージが浮かんだの。単なる闘いというよりも、もっとスケールの大きなゲーム」

「たしかにゲームはシミュレーションとは切り離せないな」

「ねえ、一つ聞いていい?」

「なんだ?」

「オン・ザ・ジョブ・トレーニングの可能性は?」

「ほう、そこに思い当たるとは、だてに大学には通ってないか」

「ちゃかさないで」

「すまん。質問の答えはイエス・アンド・ノーだ。イエスの理由は、たしかに一とゼロの差は限りなく大きい。一度でも戦場にでたことがある奴は、百のシミュレーションを体験しただけの奴よりもはるかに使えるし生き残れる可能性も高い。だからオン・ザ・ジョブは不可欠だ……」

「どうしたの？」

「この世の中に最悪のものがある。戦場のオン・ザ・ジョブ・トレーニングの教官になることだ。必ず何人かが死ぬとわかってる訓練の教官なんて、まともな奴ならたえられない。だから相手を一人残らず殲滅するために自分が全力をあげて手助けしたいと思う。だが、そんなことをしたらオン・ザ・ジョブの意味はなくなる」

「本当に最悪ね」

「それがお前の質問に対する答えがノーの理由だ。オン・ザ・ジョブには必ず教官が同行するものだ。闘いの最中にマクミラとかいう女はいったいどうしてた？」

「私たちの闘いをながめていた。目が見えないいらしいからながめていたというのは正確じゃないかもしれないけど、状況把握は完璧だった」

9 オン・ザ・ジョブ・トレーニング

「彼女は教官じゃない。オブザーバーだ。いいか、戦場でのオン・ザ・ジョブは普通じゃ行われない。初めての戦闘から常に本番なんだ。戦場は本番を訓練にできるほどあまくない。死ねば一巻の終わりだ。通常のオン・ザ・ジョブ・トレーニングじゃ、成功しようが失敗しようが死ぬことはないだろ」

「じゃあ戦場では何が成功と失敗の分かれ目になるの?」

「さすが俺の娘だ。なかなかいいことを聞くじゃないか。三つの要素が成功と失敗の分かれ目になる。実力、運、そして瞬時の判断だ。俺はこれまで実力があっても運がなくて死んだ奴も、実力がそこそこなのに運が強くて生き残った奴も見てきた。実力はともかくもお前には運だけはあるようだな」

「カンザスの闘いではたしかに運があったと思う。でも次は別物ってことね」

「そうだ。前回はお前に有利な雨中の闘いだったが、もしも次が街中やジャングル、あるいは砂漠での闘いでも同じように戦える自信はあるか? ありとあらゆる可能性をシミュレーションしておけ。メンタル・トレーニングだけでもずいぶん違う。心の準備ってやつだ。それが瞬時の判断力につながる。ただし正しい判断ってのはくせものでな、それが正しいかどうかは後になってみなければわからないことも多い。だが迷いが禁物なのははっきりしてるし、結果オーライが通用するほど実戦はあまくない」

しばらく沈黙があってから、ナオミが訊ねた。「やっぱりしばらく会えないの？」

「休みなしだったからクリスマス休暇には会えるだろう」

「本当！　どこで会えるの？　ハワイで、それともカンザスに来てくれる？」

「ニューヨークはどうだ？　マリア（注、ケネスの母）も久しぶりにお前に会いたがってるし。マクミラはニューヨークが拠点のヌーヴェルヴァーグ財閥のお嬢様だ。相手の総本山を見ておくのもいいだろう。生き残るための条件その2、やられたらやり返せだ」

「楽しい情報収集になりそう。でもニューヨークって……」

長年の経験でケネスが電話の向こうで何を考えているのがわかった。

「夏海か？　気にするな。あっちは俺に死んでも会いたくないだろうし、俺も今さら会っても何もない。また連絡する。元気でな！」

ケネスは一方的に電話を切ってしまった。

ナオミはまだ気づいていなかった。ニューヨークでトラブルが彼女を待っていることに。そして、そこで前回の闘いとは比較にならない恐怖を体験することに。

第2章

1 神々の議論、再び！

肉を持つ存在の訪れを拒み、精神体の訪れのみが許される場所。

マグマ層とつながる地中深くに存在する四次元空間タンタロス。

そこに冥主プルートゥが支配する王宮があった。

大広間には大魔王サタン率いる魔界の六軍団、その下の六十六大隊、そのまた下の各々六千六百六十六の悪魔を擁する六百六十六小隊が、冥界の親衛隊長ドラクールとサラマンダーの女王ローラに率いられた冥界親衛隊と争う場面が描かれている。半透明の槍をあやつり輝く青い羽を拡げた軍師アストロラーベと一振りで千匹の魔物の首をはねる鎌を持つ不気味な黒い羽を拡げた大将軍スカルラーベの兄弟の姿も描かれている。

めったに顔を合わせることのない天界、海神界、そして冥界の最高神たち。

ついこの間、マーメイドの娘を軸とするゲームを始めたばかりだというのに、再び彼らが集まらざるえない事態が起こっていた。

まさに、タンタロスに数万年に一度という騒ぎであった。

最下層の監獄コミュートスから天界との狭間「煉獄界」へと最悪の虜囚たちが、脱獄を試みたのである。

話は、最高位の神官マクミラが人間界に送られた直後にまでさかのぼる。

双子の妹ミスティラではまだ荷が重かったのか、マクミラが旅立って以来、反乱者や魔界からの侵入者を閉じこめた結界がゆるんできていた。これほどまでに結界がゆるんだのは、第一次神界大戦以来と噂されていた。

実は、盲点は人間界にあった。

死の神トッド、悩みの神レイデン、戦いの神カンフ、責任の神シュルド。

彼らは、人間界の管理を委託され、必要なら降臨の自由さえ与えられていた。その仕事は、人間を苦しめると同時に破滅に至らぬよう監視することであった。しかし、神導書アポロノミカンが人間界にわたってからは、つまらぬいさかいが破滅にまでつながりかねない事態がしばしば起こった。

さらに、四神が地上で堕天使と契って生まれた魔女たちは、冥主にとって悩みの種であった。魔界の住人とも平気でつきあい、冥界の秩序を乱してコキュートスに閉じこめられていた「不肖の娘たち」は、神官マクミラがいなくなった隙をみて脱獄をはかった。

中央に位置するプルートゥの王座の四方には高々とインフェルノが吹き出し、火砕流が止めどもなく流れサラマンダーたちがうごめく。

右の王座には天主ユピテル、左の王座には海主ネプチュヌスが鎮座している。熱に強いユピテルの周りには火砕流が流れているが、熱を嫌うネプチュヌスの周りには火砕流だけでなく硫黄の匂いもしないように配慮されている。

（事件については、すでに聞いておるであろう。脱獄者たちは、すでに人間界に向かっておる）青白い髪を逆立たせたプルートゥの思念が響きわたった。

（脱獄をはかったのは、いったい誰なのじゃ？　神界に住むものが、人間界で仮の姿を持てば一日で六〇日分歳を取り、一年で六十歳分の歳を取るのを知らぬものはおらぬはず。あえて多元宇宙の精神界に逃げ出さずに、人間界に向かうとは……）ユピテルが思念を返す。

（ドルガ、メギリヌ、ライム、リギスじゃ）プルートゥが不機嫌そうに思念を返す。

さすがのユピテルとネプチュヌスも、四人の名を聞いてショックをかくせない。

2 四人の魔女たち

魔界の住人とのちぎりをむすんだドルガ、メギリヌ、ライム、リギスの四人は、本来、死刑宣告にあたる魂百万裂きの刑を受けてもおかしくはなかった。

しかし、六百六十六年の禁固刑という驚くほど「寛大な」処置の秘密は、彼女たちの血筋にあった。

死の神トッドの娘ドルガはプルートゥの遠縁であった。略奪婚により娶った豊穣の女神デメテルの娘ペルセポネとプルートゥは不仲であり、ようやく生まれた日食の神コロネウロスも、第一次神界対戦の混乱に乗じて冥界をおそった魔界との闘いで行方不明であった。

父親に似ない人気者で、実力も兼ね備えたコロネウロスを失って、元々暗かったプルートゥの性格がさらに悪くなったと言われる。そんな係累の極端に少ないプルートゥには、トッドは数少ない心を許せる間柄の一人であった。

悩みの神レイデンの両性具有の娘メギリヌは、「明けの明星」と称えられた大天使ルシファーから堕天使となったサタンの遠縁であった。ルシファーの遠縁であるリギリヌを、冥界陣営で確保しておくことは人質の意味もあった。ただし、今や魔王サタンとなった彼がどう考えるかは、大きな疑問だったが。

闘いの神カンフの娘ライムは、ゴルゴン三姉妹で唯一殺すことが可能だったメデゥーサの姉で不死のエウリュアレの遠縁で、ライム自身も不死であった。メデゥーサはかつてネプチュヌスの愛人だったが、ライムは美しかったころのメデゥーサにうり二つと噂された。

責任の神シュルドの娘リギスは、その竪琴の音色が神々や神獣さえ虜にしたオルフェウスの遠縁。オルフェウスは、アポロンの落とし子という噂があり、天界からの助命嘆願があったとされている。

さまざまな理由で四人を死罪に処すことは遺恨を残す可能性があったために、冥界でのしたい放題の行動に対しても「異例の寛大な措置」が取られた。ただし、彼女たちは六百六十六年の投獄を寛大な措置とは考えていなかった。

（この不始末、どう始末をつけるつもりか？）ユピテルがプルートゥに思念を送る。

（四人の行き先はわかっておる。あやつらは、マクミラを心底から恨んでおる。人間界に向かったのは復讐のため。必ずやトラブルを起こすはず）プルートゥが不敵に答える。

（そしてナオミは、ほおっておいてもトラブルに引き寄せられる星の下に生まれたマーメイドか）ネプチュヌスが伝えたいことはわかったと応じる。

3 プルートゥの提案

冥界は、精神世界を管轄するために元々魔界からの波動攻撃を受けやすい。侵入する大物魔物たちをかたはしからコキュートスの牢獄に閉じこめた結果、ここ数千年は「平和」が保たれていた。

かつての冥界親衛隊長ブラド・ツェペシュとマクミラ親子の相性は理想的であった。足下からのオーラで百匹の魔物をたじろがせ、一睨みで千匹の魔物を打ち震えさせた〝ドラクール〟にひるんだ魔物たちは、気づいた時にはマクミラの爪で魂を切り裂かれ、マクミラの兄アストロラーベとスカルラーベの部下たちになすすべなく捕捉された。

魂を切り裂かれた魔物は、心が打ち震えるほどの情念に苦しんだ。なぜなら冥界一の美女の気高さは、消えることのない痕跡を彼らのハートに刻んだから。だが反乱者が魔女であった場合には、心に一生消えない怨みを残した。

（マクミラと魔女たちのいさかいに、ナオミがどうかかわるか見物するのも一興か）ユピテルも応じる。

（いや、興ざめというものじゃ！）プルートゥは、例によって何かよからぬことを企んでいる。（あの禍々しい力を持つ四人にかかれば、今のマクミラを相手にするなど赤子の手をひねるようなもの。それでは、ゲームが終わってしまうではないか？）

（では、どうする？）ユピテルがけげんな顔で思念を送る。

（助太刀を送っては、どうじゃ？　ルールが変わったと思えばよかろう。ただし、冥界のことは冥界のものによって始末をつける。天界と海神界からの助太刀は不要じゃ）ネプチュヌスが思念を送り返す。

（ゲームとは、ルールにしばられるもの。しかし、参加者たちが同意すれば、ルールを変えられるのも、またゲームか……）

最高神には、人間のようにくだらない思惑で相手をやりこめる趣味はない。長き時を生き過ぎた彼らが嫌うものは倦怠、そして望むものは興味をかき立ててくれる展開。

ユピテルが思念を送って宣言する。（よかろう、ゲームはルールを変えて続行とする！　ただし、今回、助太刀に向かうメンバーは人間界に行ったきりとはいかぬぞ。すでに多くの神々が人間界に降臨しすぎている。誰を送るかは冥界にまかすとするが、決着がつき次第、送られた神々は冥界に戻ることとする！）

4 タンタロス・リデンプション

ルールを変えるそもそもの発端となった四人の魔女たち。話は、マクミラが人間界に送り込まれて妹ミスティラが後をついだときにさかのぼる。

経験不足から来る自信不足の彼女は、実力不足を露呈した。その結果、冥界の結界がゆるみ、魔女たちが氷結地獄コミュートスの牢獄を抜け出した。その魔女たちが、魔犬ケルベロスと対峙していた。

危険きわまりない彼女たちに脱獄を許せば、冥界史に残る汚点となろう。

ケルベロスの眼前で不敵に笑う四人は、「爆破するもの」で悪魔姫ドルガ、「いたぶるもの」両性具有だが見た目は女性の氷天使メギリヌ、「酔わすもの」で蛇姫ライム、「悩ますもの」で唄姫リギス。

（四対一じゃ。なんとかなるのではないか？）リーダー格のドルガが思念を発する。

参謀役のメギリヌは切っ先の尖った黄金のステッキを攻撃にそなえている。

（ドルガ様、ここで我らの伝説を作るのもいいかもしれませぬ）おばのメデューサそっくりに変身することで、すべてを石にかえるライムが応じる。ただし、変身前の彼女は美しい顔をしている。

冥界の道化師の異名を持つ、精神攻撃を得意とするリギスが伝える。（いいえ、少し待つのがよろしいでありんす……番犬め、だいぶ機嫌が悪いでありんす）

ケルベロスが無駄に時を過ごしていたわけではない。

三首の口からゆっくりと、だが着実に瘴気（しょうき）がただよっていく。これこそケルベロスが恐れられる秘密。瘴気を吸い込むと、神々でさえ意識が失われて、牛よりも巨大な体躯の魔犬の、狼よりも鋭い牙に噛みつかれ振り回され、冥界親衛隊の前に引き出されることになる。

（うかうかしておると、アストロラーベとスカルラーベがザコどもを片付けてやってきます。「冥界の貴公子」の方はともかく、弟の方は願い下げでございます）ライムが思念を送る。

　彼女たちは、親衛隊を攪乱するために、コキュートスに閉じこめられた悪魔たちの牢獄を壊してきていた。誤算は大魔王サタンが、長き時を生き過ぎた神々同様、倦怠にとらわれておりこの機に乗じなかったことである。それは、冥界と人間界にとってこの上ない幸運であったが……

（とはいっても、すんなりは通してはくれないでありんしょう）リギスが思念を返す。

（お忘れですか？　我がオルフェウスの遠縁なことを）ライムが不敵に笑うと、ゆっくりプルートゥの宝物殿から盗み出した竪琴を取り出した。

　オルフェウスの竪琴は、セイレーンに惑わされそうになった時、アルゴー探検隊をその音色で救った。妻エウリュディケを求めて冥界を訪れた時には、奏でる竪琴の切ない調べは冥界中を満たし、タンタロス中で死せる魂をさいなむ刑罰が初めて中断したと言われる。

だが、地上に戻る直前にプルートゥとの約束を破り振り向いたオルフェウスは、妻を救うことができなかった。すべてに絶望した彼は、二度と竪琴を奏でることがなかった。その後、ディオニッソスの祭りに興奮した人間たちは、「唄を忘れたカナリア」オルフェウスをなぶりごろしにしてしまった。

血塗られた竪琴は、長い間、行方知れずになっていたが、実はプルートゥの宝物殿に納められていたのであった。

5 さらばタンタロス

リギスの唄姫の名称はダテではなかった。

おお、ケルベロスよ、ケルベロス
三匹の息子を人間界に送った冥界の魔犬
今日も三つの頭で何思う
今宵、四人の魔女たちが
別れた己の息子らにメッセージを伝えに
はるかかなたの人間界へ行こうではないか

おお、冥界の守り神よ、冥界の守り神
明日は三つの首で誰と闘う
マクミラと共に生きるキル、ルル、カルの父
遠く離れた息子らを汚れた世界から救うために
我らがタンタロスから煉獄界へと上っていこう
息子らに伝えたいことがあれば我らに託すがよい
我らの手で汚れた世界で生きなくてもよいよう救ってやろう

リギスの唄声と竪琴の音色にケルベロスもうつらうつらし始めている。

（よし。皆、今の内じゃ）ドルガが魔犬が眠りにつきかけていることを確認する。

四人が人間界へと通じる煉獄界へと向かおうとしたときだ。

サディストの血が騒いだメギリヌが、にやりと笑った。（お待ち！　行きがけの駄賃）それっというかけ声と共に、メギリヌがステッキをケルベロスの未来を見通す三番目の首の右目に向かって投げつけた。

グサッ。イヤな音がして、ステッキが深々と突き刺さった。

さすがはケルベロス、今の今までうたた寝をしていたのが、何が起こったかを瞬時に理解した。一番目の過去をむさぼる首と二番目の現在をむさぼる首が必死に四人の魔女を睨みつける。

だが、脳に直結する視神経を傷つけられて三番目の首は苦悶の表情を浮かべる。泣き声を上げるようなことはしないが、次第に冷や汗が流れていく。

（今後は片目のジャックと名乗るがよいわ。戻れ！）メギリヌが命令すると、ステッキが彼女の手元に戻ってきた。

ステッキが抜けて、三番目の首の右目からどろりと眼球が垂れ下がった。

（さあ、これで準備完了！　人間界へ降りてからケルベロスにいろいろ告げ口されたのでは困るからの）

他の三人はまったくよけいなことをするとあきれ顔。

（ライムの言うとおり、お主の息子たちは汚れた世界で生きなくてもよいように救ってやるわ）と、悪びれた様子もない。

彼女たちは、メギリヌがよけいなことをしたと後に知ることになる

ケルベロスはあたかもこの屈辱を忘れまいとするかのように、あるいは眼球を体内に戻すことで回復を早めようとするかのように垂れ下がった眼球をガリガリと食べてしまった。食べ終わると、息子たちを送り出した時以来の冥界中に響き渡る大声でケルベロスが吠えた。

ガォーーン！

その時、ニューヨークの人々は深夜にもかかわらず犬の遠吠えを聞いた。

アォーーン！

父ケルベロスの叫びを聞いたキルベロス、カルベロス、ルルベロスの三匹が、まだ見ぬ魔女たちに復讐の誓いを立てた瞬間であった。

6 アストロラーベの回想

〈我が足下にひざまずくがよい。これよりミスティラの裁きをおこなう〉冥界中にプルートゥの思念が響き渡った。

呼びつけられたのは、ミスティラの父で「吸い取るもの」〝ドラクール〟こと、かつての大将軍ヴラド・ツェペシュ、さらに母で「燃やし尽くすもの」サラマンダーの女王ローラ。いつも通りヴラド・ツェペシュと並ぶときは、美しい人間の女性の姿を取る。

居並ぶは、彼らの長男で親衛隊の軍師「あやつるもの」アストロラーベ、次男で「荒ぶるもの」大将軍スカルラーベであった。魔女たちによって鍵を壊された牢獄から抜け出した魔物たちを退治したばかりとあって、アストロラーベの漆黒のマントと軍服はボロボロになっている。スカルラーベのドクロで作られた鎧も傷だらけであった。

四人とも責任感が強くプライドも高いだけに、ミスティラの裁きに抗弁する気はなかった。ここに至っては、見事に死に花を咲かせよという態度であった。少なくとも表面上は……

アストロラーベだけは、過去を振り返りミスティラの不憫を感じていた。姉マクミラに勝るとも劣らぬ才能を持ちながら、力を開花させることもなく、魂を切り裂かれ宇宙空間の藻くずとなろうとしている妹……

その時、彼は、海神界一の美女とうたわれた恋人アフロンディーヌとの別れの場面を思い起こしていた。

(アフロンディーヌよ、別れの決意は変わらぬかの？)

(何もおっしゃらないでくださいませ。心変わりをしたわけでは、けっしてございません。どうか海神界最高位の巫女に専心するという決断をゆるがせないでくださいませ。わたしには亡き母ユーカ様のように愛に応えながら、同時に役職を務めるだけの器ではなかっただけでございます。会いたいと思っても、もう会えないだけで、アストロラーベ様への愛には何の変わりもございませぬ)

(……)

(なんと悲しい瞳をされるのですか。その瞳は何を見ているのですか、それとも何も見えなくなっているのですか。せめて最後に何か思念を伝えてください)

(我は、もはや伝えるべき思念を持たぬのだ。もしも悲しみがわが双眼に宿っているなら、その悲しみを永遠に宿らせよう。教えてくれ。理想の相手に出会い、愛を一度手にしながら失うこの苦しみ、悲しみ、やり切れなさ……すべては我が人間界から来た父を持った呪いなのか？　もしも何かの呪いならば、かけられた呪いを解く鍵はあるのか？）

（……）

（どうした？）

（ご存じないのですね？）

（何のことだ？）

（呪いは、「人間界から来た」お父上のせいではございません。呪いは、……）

（もしや、それは我が父が……）

（いけませぬ、その先は。たとえ考えるだけでも！　ただ、わたしがお伝えできますのは、ミスティラ様が「鍵」ということだけ）

（我が妹、ミスティラが!?）

（「鍵を守るもの」という名は、宝物殿の鍵の番人という意味ではございません。鍵を握るものという意味なのです。ミスティラ様ご自身こそ、アポロノミカンのすべての謎を解き明かす「鍵」なのです。これ以上は……巫女の座についたわたしには、海神界のためにすべてを見届ける使命がございます）

（アフロンディーヌ、会いたいと望んでも、もうかなわぬ美しき巫女よ。これ以上は何も聞かぬ。神々に来世があるかは知らぬが、もしもすべてがカオスに戻るのならば、せめて同日同時刻に共に死にたいもの。もしもコスモスが達成されるのならば、その時こそ冥界に嫁いだお主と永久に生きようぞ）

7 裁かれるミスティラ

いつも不機嫌なプルートゥの顔が、なぜか機嫌よさそうに見える。

（これより我が名にかけて、ミスティラの裁きをおこなう。アストロラーベよ、代理の神官として神事を執り行うがよい）

ミスティラをかわいがっているアストロラーベに、この役は酷であった。

しかし、マクミラ無き今、最高位の神官の地位をついだミスティラを裁けるものなど、元神官の経験を持ち、冥界親衛隊の軍師役の彼以外にはなかった。

実の兄によって妹が裁かれる場面に、プルートゥは興味津々だった。

（ミスティラ殿、何か言い残したいことは？）

ミスティラが、はかなげでかよわいが、きっぱりとした思念を伝える。

（アストロラーベ様、何も申し上げることなどございません。一刻も早く罰を受け、我が眷属にこれ以上の恥をかかせずにすませたいと願うのみ）かわいらしい顔に不釣り合いな〝ドラクール〟の眷属の証、鋭い八重歯がキラリと光る。

（殊勝な心がけである）

頭が暗い闇になっているために青白いドクロの面をかぶっている死神タナトスに、アストロラーベが思念を送った。（魂百万裂きの刑を執行せよ！）

もはやミスティラの運命は風前の灯火と、誰もが思った時。

ミスティラの首を落とすため持ち上げられた大鎌の動きが止まった。

何かがミスティラの両手の間にいることに気づいた。

最初、それが何か誰にもわからなかった。

八咫烏（やたがらす）のやや子であった。

さらにミスティラの周りに、吸血コウモリや黒猫、ジャッカルなどのファミリア（使い魔）たちが集まってきていた。吸血コウモリと黒猫は悲しみの声を上げ、ジャッカルは悲嘆の叫びを上げ、八咫烏は血の涙を流した。次々と、冥界中のファミリアたちが処刑場に集ってきて、元々暗い冥界の空が真っ暗闇になりつつあった。

彼らの意図は、はっきりしていた。

ミスティラの助命嘆願である。

冥界の住人なら、絶対に逆らうなど想像することさえかなわぬプルートゥの決定に命がけで反対の意志を示していた。

誰にも情け容赦のない死刑執行人タナトスさえ、途方に暮れていた。

（ファミリアたちに好かれていることが幸いしたか……愚か者に冥界中のファミリアを殉じさせるわけにはいかぬ。処刑は中止とする！）プルートゥが面倒そうに思念を送る。

それまで一切の表情を示していなかった父ヴラド・ツェペシュの顔に安堵の表情が浮かんだような気がした。

（だが、ミスティラよ、無罪放免とはいかぬぞ！　後であの時、魂百万裂きの刑になっておけば楽だったと思うかもしれぬ。最高神会議でマクミラに助太刀を送ることになった。冥界からはお主が行くがよい！）

（ありがたき幸せに存じます。プルートゥ様のご厚情に感謝いたします）

数百万のファミリアたちが、ミスティラの無事を知りよろこび、周りを駆け回り飛び回っている。ミスティラは、処罰をまぬがれたことよりファミリアたちへの感謝と敬愛するマクミラのところに行ける喜びに胸がいっぱいになった。

（よろこぶのは、まだ早い。人間界で肉の姿を持つ存在となれば、精神体なればこそ途方もなく長い時を生きられるお前らも、一日ごとに六〇日分の歳を取り、一年ごとに六〇年の歳を取る。限られた期間内に魔女たちを取り除かねば、人間界で百年と経たずに朽ち果てる。その覚悟はできているのか？）

（もちろんでございます）

（おそれながら、プルートゥ様、私めに願いの議がございます）アストロラーベが思念を発した。

8 愛とは何か？

(なんじゃ？)

(ほとんど戦闘能力を持たぬミスティラを送り込んでも、足手まといにはなっても助っ人にはほど遠いかと)

(それでは誰が適任と申すか？)

(妹の汚名をそそぐは兄の使命かと)

(うるわしい兄妹愛よのう)

愛か？　またしても、ここで……思わずアストロラーベが独り言の思念をつぶやく。

例によって何かよからぬことを思いついたのか、プルートゥが意地の悪そうな笑みを浮かべている。

(ローラよ、愛とはなんじゃ？　満足のいく答えをしたならばアストロラーベの願いをかなえてやろうではないか)

沈黙を守っていたサラマンダーの女王ローラが思念を返す。

(わたくしに……愛とは何かと問いまするか？)

（そうじゃ、あえてお主に問うておる。「愛するとは、お互いに見つめ合うことはなく一緒に同じ方向を見つめること」などと、まさか戯言は言うまいな？）

（サン＝テグジュペリとか申す、元飛行機乗りの作家のセリフですね。一緒に同じ方向を見ている振りをして別のことを考えているよりは、まだお互いに見つめ合っている方がマシでしょう。たとえ憎みあっていたとしても……）

（我が問い、冥界中の反対を押し切り〝ドラクール〟との婚姻を決めたお主ならば答えることができよう）

やりとりを聞いて、冥界の住人たちの背筋が凍り付く。

なぜならばローラがヴラド・ツェペシュとのちぎりを結ぶ前、彼女とプルートゥが恋人同士だったことを知らないものはいなかったから。しかし、なぜローラが最終的にヴラド・ツペシュを選んだ理由を知るものも、それを知ろうとするものもいなかった。

誇り高いローラは、投げかけられた質問に答えられない恥辱よりも勇気を持って進むことを選んだ。

（いいでしょう。愛とは？

シェイクスピアとかもうす作家は、『真夏の夜の夢』で、

「恋は目ではなく、心でみるもの」といったそうですが。

愛とは、論理や倫理にはけっして当てはまらぬもの。

愛とは、喜怒哀楽のどれにも似て、どれとも非なるもの。

愛とは、すべてを奪うもの。だが、奪うことでなにかを与える。

愛とは、苦しめるもの。だが、苦しめることで歓喜を与える。

愛とは、すばらしきもの。だが、すばらしきがゆえに破滅にみちびく。

愛とは、貴きもの。だが、貴きがゆえにはかなくうつろいやすい。

愛とは、愛し合うものがいるときは誰もその価値を知らず、失って初めてどれほど大事であったかを知る）

周りの予想を裏切って、プルートゥが付け加えた。

（そして、愛におぼれたものは相手の醒めることを知り、より少なく愛するものがつねに勝利を収めるか……

愛などこれまで考えたこともなかったが、つい戯れ言につられてしまったわ。よいであろう。褒美にアストロラーベの降臨、認めようではないか）

その時、スカルラーベが思念を発したことはローラには幸運であった。

そうでなければ、いつもなら炎に照り映えて威厳にあふれる顔が、血の気がひき青ざめたところを見られていただろう。

第3章

1 スカルラーべの回想

スカルラーべがおそれながらと名乗り出る。（お待ちくださいませ。今度こそ私にも機会をお与えください）筋骨隆々とした体躯がふるえている。

（お前もか？）プルートゥが応じる。（魔女たちの力を考えればアストロラーべが加勢しても必ず勝てるとは限らぬ。よし、短気を直す修行をしてまいれ。ただし、お主らがマクミラとミスティラを助けられるのは人間界時間で三ヶ月とする）

スカルラーべは、なんとしても人間界に行かねばと感じていた。「愛」の名の下に決定がなされた以上、己が眷属にかけられた呪いをとくためにも。

ある日、ローラとスカルラーべは思念を交わした。

何人にも弱みを見せないどころか、この偉丈夫に弱みがあるなどとは信じるものさえいないスカルラーべが泣き笑いをしていた。

（クッ、クッ、クッ……）

通りすがったローラはただごとでないと感じた。（将軍よ（注、スカルラーべは冥界親衛隊の将軍）、いかなることじゃ？）

　マクミラとミスティラ姉妹には冷たくとも、アストロラーベとスカルラーベ兄弟を溺愛するローラは見逃さなかった。

（これは、とんだところを）

（何か誰にも言えぬ悩みでも……）

（悩みではござらぬ。ただ、我が身の呪いを考えるとおかしかっただけで）スカルラーベは、苦笑いを浮かべた。

（もしやローラ様なら、我ら兄弟姉妹の呪いのわけをご存じか）

（呪い？）

（わらい話としてお聞きくださいますか。我らは「愛」に呪われてはおりませぬか？）

　ローラが一瞬青ざめた。（なぜ、そのように考える？）

（軍師殿（注、アストロラーベは冥界親衛隊の軍師）は、神界中の女に愛されながら唯一愛することを拒む美の女神にちなむ名を持つ相手を思い続ける。このスカルラーベ、女なら誰でもよいと思っているのにすべての女が御免と思う。マクミラは、誰よりも美しく生まれながら誰も愛さず自分が氷結地獄に送り込んだ悪鬼ども以外は誰からも愛されぬ。ミスティラは、誰からも愛されるものを持ちながら愛に縁がない。四者四様、愛に関しては見事に不幸ではござらぬか）

（スカルラーベよ、呪いは……呪いは、母のせいじゃ）

（な、なんと⁉）

2 ローラの告白

（母と大将軍殿（注、ヴラド・ツェペシュはかつて冥界の大将軍）以外、誰も知らぬことじゃが、兄弟姉妹で一番不幸な将軍には知る権利があるやも知れぬ。これから言うことは他言無用。愛に「呪い」をかけたのは、我じゃ。我の「燃やし尽くすもの」という名は、サラマンダーの女王だからなのではない。愛を燃やし尽くす定めゆえについた名なのじゃ）ローラは遠くを見る目つきをして続けた。（あれは数千年の昔。我はプルートゥ様の寵愛を受け有頂天であった。サラマンダーの女王から冥界の王妃へ！　これ以上ない夢を見ていた。だがプルートゥ様は我を捨てて、あの美しいがおとなしいだけが取り柄のペルセポネを選ばれた。我は呪った。我が君を、我が運命を、そして愛のすべてを。

その後、大将軍殿と婚姻の議をおこなったのは、あてつけ婚だったのじゃ……）

（あてつけ婚？）

（愛を知らぬお主には、わからぬか……いや、あてつけなどは女にあっても、男にはないものか。終わった愛にこだわり続けることができるのが男なら、まだ愛する相手がありながら別の相手と恋することができるのが女というもの。誇り高きサラマンダーの女王が、人間界から来た大将軍殿を選んだ理由はもうプルートゥ様に未練などないと自分自身と周りに示すためでもあったのじゃ。

あれは、大将軍殿が冥界に来た日であった。

人間界から冥界に来た魂は、ミノス、ラダマンティス、アイアコスの審判を受ける。アジアから来た魂はラダマンティス、ヨーロッパから来た魂はアイアコスの審判を受ける。そして彼らが審判を下せない時は、ミノスの出番となる。

ワラキアから来た大将軍殿にアイアコスは判決を下せなかった。

そこで、ミノスの審判を受けることになった。人間界での罪が重ければ重いほど、ミノスの尻尾によって何重にも身体がからまれてそれだけ深い地獄に落ちる。だが大将軍殿の身体には何度試しても、ミノスの尻尾はからむどころかはじき飛ばされるだけであった。

ミノスは、途方に暮れて火の川ピュリプレゲドンの中にいた我に相談した。普段は「プルートゥ様の市（まち）」の建物の劫火の番をしていたが、その頃の我はプルートゥ様に裏切られたショックで市をさまよっていることが多かった。怪物メデゥーサと出くわさないようにだけは注意していたが

……

ミノスは、プルートゥ様の閻魔帳を見せてもらえるよう頼んできた。

その前に、気まぐれから我はミノスの尻尾をはじく魂を見てみることにした。

一目見たとき、大将軍殿の偉丈夫ぶりに惚れ込んだ。

3 閻魔帳

まだプルートゥ様への未練は断ち切れなかったが、人間界から来たとは思えぬオーラになぜか惹きつけられた。大将軍殿と思念を交わすようになって、秘密はアポロノミカンのせいとわかった。「串刺し公」と呼ばれたほどの情け容赦もない戦歴は、本来、無間地獄に落ちるほどの罪状にもかかわらず同時に人民のために一片の私心も持たずに治世を行った大将軍殿はミノスにも審判不可能であったのじゃ。

閻魔帳には、〝ドラクール〟ことヴラド・ツェペシュは冥界にて魔族たちと戦うべしと書かれていた。その時は、まさか将来、我と婚姻の議を執り行うことや親衛隊の大将軍にまで出世すると予測したものは誰もおらなんだ。

だが、話はそれだけではなかった。

プルートゥ様が略奪婚によってペルセポネと契りをむすんだ時、我はすでにお主たち兄弟の卵を産んでいたのじゃ！　サラマンダーの卵は数十年から数百年の時を経てかえることが多い。大将軍殿と婚姻の議をむすんでから生まれたお主たちを、まさか大将軍殿以外の子であると疑うものは誰もおらなんだ。

アストロラーベは、まるで恋いこがれ愛したころのプルートゥ様の魅力的なところだけを取り出したような美丈夫の神に生まれついた。

スカルラーベよ……お主は、まるで兄とは似ても似つかぬ姿に、がさつだが強靱な神に生まれついた。

だが、プラスとマイナスの磁力のようにプルートゥ様の面影を持つお主たちを……裏切られたはずの相手の面影を持つお主たちを我は溺愛したのじゃ。

そうと知りながら、大将軍殿は何も言わずまるで本当の息子のようにお主たちをきびしく、だが愛情を持って育ててくれた。

大将軍殿とは、数千年にわたって冥界にやって来た悪魔ども退治をおこなった。最初は二人で。その内にお主たち兄弟と。最後には、我はより才にめぐまれたマクミラに道をゆずった。

そうじゃ。

マクミラとミスティラの父だけが大将軍殿なのじゃ。

4 異父兄弟姉妹

だが、ここでも我の愛への呪いは生きていた。マクミラは、まるで我のイヤな部分だけを受け継いだかのような冷たい、だが美しい娘に成長した。ミスティラは、まるでひた隠しにしてきた我の弱い部分だけを受け継いだかのような、だがやさしい娘に成長した。

マクミラとミスティラを見ていると、自分のイヤな部分を見せつけられているようで、どうしても愛することができなった。

アストロラーべとお主は、ずっと不思議に思っていたであろう。

なぜお主たちが人間界から来た父の証である、とがった犬歯を持たぬか。

その理由は、お主たちが行方不明となったコロネウロス様以外いないと思われていた最高神プルートゥ様の息子であるからじゃ！　いつもアストロラーべが帽子を目深にかぶっているのも、とがった犬歯がないことを見られぬため。骸骨顔のお主の場合は、しみじみ顔を見られることもなかったので誰にも気づかれなかった。

マクミラとミスティラは、ずっと不思議に思っていたであろう。

なぜ兄たちが無事にうまれながら、妹たちが生まれ出る時にだけ、マクミラがサラマンダーの巣の炎を引き受けて盲目にならねばならなかったのか。

その理由は、マクミラとミスティラは父が人間界から来たものであったために、完全な神の身体を持つお主たちのように炎に耐えることができなかったのじゃ！　冥界最高位の神官であるマクミラはすべてを見通しているはずじゃ。だが、愚痴一つこぼさぬマクミラに不憫さを感じながらも、この母は愛することができなかった！

最後に言っておく、スカルラーべよ。

愛はうまくいっているときには、これ以上ない幸せを与える。

だが神々でさえ、一度手に入れた愛を失えば、死体にとりすがって泣き叫ぶあわれな人間になってしまう。

我がお主に言えるのは、ひとつだけじゃ。

いつかお主にも愛を知って欲しい……

我は、愛を呪ったために愛の女神より呪いを受けた。

もしもお主に愛する相手が見つかれば、呪いはとけるやも知れぬ）

思念を発した後、千年以上も生きたスカルラーべの記憶の中でたった一度だけローラがひしと抱きしめてくれた。

5　ルールは変わる

未だ何人も訪れたことがなく、今後も誰も訪れないであろう西インド諸島とアゾレス諸島の狭間、インド洋「バミューダトライアングル」。

その二万里を越える海底に、四次元空間につながる海主ネプチュヌスの城がある。きらめく宝石のように飾り立てられた百の部屋は、マーメイド、マーライオン、セイレーンなど、海主の眷属たちの住処。陽の光さえ届かぬ深海底にひっそりとたたずむ城の回りでは、赤、青、黄、緑、オレンジにかがやく魚、エイ、鮫たちが泳ぐ。

水龍とマーライオンが戦う姿が描かれた広間では、青みがかった白銀の髪をなでるネプチュヌスが黙りこくっている。

彼のマリンブルーの眉毛がわずかな海流に揺れた時、ネプチュヌスが思念を発した。（一同のもの、面をあげよ）

海神界の親衛隊長シンガパウムの一族が、呼び寄せられていた。

「忠義をつくすもの」でマーライオンの勇者シンガパウムと、「うらなうもの」でとびきりの英知に恵まれた今は亡きマーメイドの妻ユーカの娘たちを神々の中で知らぬものはいない。

長女アフロンディーヌは、祖母や母の後を次いで最高位の巫女。

天主ユピテルの玄孫ムーに嫁いだ次女アレギザンダーは、セイレーン三姉妹にもおとらない美しい歌声を持ったマーメイド。

海主ネプチュヌスの玄孫レムリアに嫁いだ三女ジュリアは、気象をあやつりシンガパウムと共にマーメイドながらネプチュヌスの親衛隊員。

冥主プルートゥの玄孫アトランチスに嫁いだ四女サラは、やさしい性格。

姉妹の内、五女ノーマだけがこれまで人間界に行き、不幸な晩年をおくったと言われている。本来なら、この場にいるはずの末娘ナオミは、すでに人間界に送り込まれており姿がない。

中央に呼び出された親衛隊長シンガパウム、巫女アフロンディーヌ、祖母トーミが朝焼けの光をはらんだ豪奢な色のドレスを着てひざまずいていた。他の姉たちも、その後ろにかしこまっている。

（今宵の話は、人間界に行ったナオミについてではない。だが、まんざら関係ない話でもない。ドルガ、メギリヌ、ライム、リギスの四人が脱獄した。目的は、マクミラへの復讐じゃ）

ネプチュヌスがトーミに顔を向けた。

（四人は早晩必ずトラブルを起こす。さすれば、ナオミはトラブルに引き寄せられていく）

トーミが慎重に思念を送り返す。（ゲームのルールはどうなりますのじゃ？　四人はゲームとは直接の関わり合いはないはずでは）

（そこに思い当たるとはさすがじゃな。最高神の議論の結果、海神界と天界からは助太刀は送らぬことになった。助太刀を送れるのは冥界だけじゃ。ただし……）

6 トラブル・シューター

（新たに助太刀を送れるのは、たしかに冥界からだけじゃが、わしはこうした時にそなえて布石を打っておいた）

（ナオミの育ての父ケネスの背中のタトゥーでございますな……）

（さすがかつての「うらなうもの」よ。前もって準備しておいたものを使うのなら、新たな助太刀を送ることにはならぬ）

ネプチュヌスが今度はシンガパウムに顔を向けた。

（ケネスの背のタトゥーはいざというときには海神界と人間界をつなぐチャンネルになる。一度限りじゃが、チャンネルを通してお主を人間界に送れるのじゃ。今のナオミでは四人の魔女たちと勝負にはならぬ。たとえマクミラと共闘したとしてもじゃ。万が一の時は、ナオミを助けるために人間界に行くのじゃ）

（おそれながら、わたくしには親衛隊の仕事がございます。すでに人間界に行ったナオミのために不在となるわけにはいきませぬ）シンガパウムが武人らしく思念を返す。

その時だった。

ネプチュヌスの息子で王子トリトンが思念を発した。神殿の男たちのほとんどがマーライオンなのに対して、ネプチュヌス直系の神であるトリトンは美しい顔立ちに魚の下半身を持っていた。

（シンガパウム様、ご心配にはおよびません。わたくしをお忘れですか？）

親衛隊の一員として北門を守る責任者トリトンは、「助くるもの」であった。いつも遠くを見るような瞳からは心の内は探れなかった。しかし、いったん剣を振るえば流れる大河さえ切り裂かれたことを忘れて流れ続ける達人である。気品、威厳、高潔。そうした言葉が似合う神だった。

（王子よ、娘を救うのはわたくしごと）

普段ならけっして親衛隊長のシンガパウムに逆らうことのないトリトンが、怒ったような思念を返す。（それは違いますぞ。神々のゲームが続いている以上、海神界にはナオミを助ける責任があります。いざというときには、「助くるもの」として不肖トリトンがシンガパウム様の代理をつとめさせていただきます）

本当は、トリトンは自分自身でナオミを助けに行くと伝えたかった。だが、あえてその気持ちを封印した。ネプチュヌスのお気に入りのナオミと幼少時からいつも共に遊んだトリトンは、気がつけば兄妹のような関係になっていた。ナオミにとってトリトンはなんでも話せて頼りがいのあるやさしい兄だったが、美しいマーメイドに成長したナオミにトリトンは兄妹以上の感情を持つようになった。だが、いつもトリトンの前で無防備に振る舞う「妹」に、絶対権力を持つ最高神の子である「兄」が愛の告白などできただろうか？　愛を告白出来ぬ立場なら、せめて兄として妹を助けてやりたいという一心であった。

（シンガパウムよ、王子の顔を立ててやってはくれぬか？　それに、ひさびさにお主の戦いを見てみたいと思うのは、わしだけではあるまいて）ネプチュヌスが引き取って思念を送る。

（お主が人間界で、ナオミを助けることはすでに定められている。それに、わしもお主の戦いを見てみたいと思うものじゃ）トーミが思念を伝えた。

ネプチュヌスが決断を下す。（それではナオミが危機を迎えたとき、シンガパウムは助けに人間界に降臨する。ただし、シンガパウムが降臨できるのは一度きりとする！）

7 天界の議論

遠く映るその影が太陽の黒点として知られる四次元空間、エリュシオン。

そこに鎮座するユピテルの支配するオリンポス神殿。ここは「光の眷属」でなければ、瞬時に蒸発してしまいかねない光と灼熱の空間。

いつものんびり飛び回る神殿の極楽鳥のリーダー錦鶏鳥と銀鶏鳥が、緊張から宿り木から離れようとしない。

大広間では、「天翔るもの」ユピテルが怒りのオーラを発散していた。

中央に位置するのが親衛隊長で、「継ぐもの」アポロニア。

父「輝けるもの」アポロンから美貌を、母「森にすむもの」ケイトから勇敢さを受け継いだ神界最強の女神。ケイトの血筋を引く者たちは、かつて人間界でスキュティアの地にアマゾネス王国を築いたと言われるが、真偽のほどは確かめようもない。

いつもなら各々が百万の兵を率いる息子たちも顔をそろえるが、すでに人間界に送り込まれて彼らの姿はない。長男の光の軍団長「光り輝くもの」シリウス、次男の雷の軍団長「対抗するもの」アンタレス、三男の天使長で「率いるもの」ペルセリアスだけではない。組織が嫌いで、したがう上司も部下もいなかった、末っ子で真紅の龍の「舞うもの」コーネリアスまでいなくなっていた。今日は、めずらしくケイトが出席していた。

ユピテルが、会議の開始を伝えた。

（皆の者、面をあげよ。ドルガ、メギリヌ、ライム、リギスの四人の魔女が人間界に向かったことで、三神界によるゲームのルールが変わる。アポロニアよ、まず戦況分析を聞かせてもらおう）

アポロニアが、冷静に思念を伝える。

（最初の戦いでは、ナオミたちの側がマクミラの側に勝利を収めました。冥界の牢獄から抜け出した四人が向かう先は、マクミラのいるニューヨークです。残念ながら、我が息子たちは完全な目覚めにはほど遠いありさま。今回の戦いの先行きを考えると、親衛隊長として誠になさけない気持ちでございます）

（あせって人間界の受け皿を考えずに彼らを送り込んだのは、わしの手落ち。そう責任を感じることはない。だが、魔女たちが仮の姿で人間界にとどまれば、せいぜい一、二年の命のはず。そこが気になる。いくらマクミラ憎しといえども、あの自由奔放に生きるためならすべての掟をやぶりかねない四人が、なぜ多元宇宙ではなく人間界に逃げたのか）

（あくまで予想でございますが、おそらくもはや堕天使としてではなく、魔界のものとなって生きるつもりではないかと）

（どういうことじゃ？）

8 魔人スネール

（たとえ堕ちたといえども四人はまだ冥界の一員。神の存在のままに人間界に仮の肉体を持ってとどまれば一、二年の命。ですが、人間界に長くとどまる別の手だてがございます）

（それは、いったい……）

（魔界に伝わる秘技を使えば、次々と人間に乗り移り続けることで長い年月、人間界にとどまることができます）

（その業を、四人の内に知っているものがいると申すのか？）

（かつての大天使ルシファー、今や大魔王サタンの遠縁リギリヌならば……人間界に行くたびにあの四人が魔界と接触していたのは周知のこと。それに、四人がマクミラを恨みに思う理由は、捕まえられたせいだけではありませぬ。最大の理由は、四人の愛しい相手、魔神スネールがマクミラを愛してしまったため。スネールは、マクミラが四人を捕らえている間に人間界に堕ちて、今では「太古の蛇」と呼ばれるようになっております。四人は、マクミラを滅ぼしてしまえば、スネールの愛を再び得られると考えているのです）

（なんということじゃ。四人を始末できなければ、人間界に魔女どもが放たれたままになるだけではなく、スネールと結託する危険まであるというのか！　だが、プルートゥは天界と海神界からの助太刀を拒みおった。何もわしにできることは、何もないのか!?）

（おそれながら、今回マクミラ様を助けるのは冥界からの助太刀だけではないと思われます）

（ナオミのことを指しておるのか？　しかし、あの四人の力に対抗するだけの力はまだないのではないか？）

（いいえ、我が息子ペルセリアスです）

（金色の鷲が本来の力を出せれば大きな戦力となろうが、ペルセリアスは前回の闘いの後、行方知れずになっているのではないか？）

（仰せの通りでございます。しかし、息子が亡くなれば必ず母にはわかるはず。わたくしには、まだペルセリアスがまだ生きているような気がしてなりませぬ）

そのとき、ずっと沈黙を守っていたアポロニアの母ケイトが思念を伝えた。

（ユピテル様、ペルセリアスは死んでいないが、もう生きてもいないかも知れませぬ。「森にすむもの」のわしじゃからこそ、わかる。ペルセリアスは、ミシガン州の森の中で今でも変態を続けて生きております）

アポロニアが、はっとして思念を返す。

（それはいったい？）

9 金色の鷲

アポロニアに向かってケイトが伝える。（お忘れかい、マクミラ様が降臨してからヴァンパイアになられたことを）

今度はユピテルが思念を返す。（それと今回のことと、いったいどういう関係があるのじゃ？）

（マクミラ様とナオミ様が闘った夜ですが、ペルセリアスの遺体が消えた理由はおそらくマクミラ様が持ち去ったのではないかと）

（なんのために？）

（少なくとも、三つの理由がこのケイトには見えます。一つ目は、闘いに勝ったナオミ様にマクミラ様は「ごほうびをあげなくては」とおっしゃいました。それはホールを丸焼きにして講演会を中止したことではなく、仲間の命をすくってやるという意味。精神は肉体の影響を受けるものです。人間に生まれ変わったマクミラ様は知らないうちに「言霊」（ことだま）にしばられております。二つ目は、マクミラ様は慎重なお方で、むやみにヴァンパイアの仲間を増やすことはしなかった。しかし、聡明なお方なのでこれはという相手を見逃すこともしない。ペルセリアスを自陣営に取り込めば、敵陣営の戦力を同時に弱めることにもなり、一石二鳥と考えるはず。最後の理由は、……）

（どうした？）

（アポロニアよ、お主が、銀狼、雷獣、金色の鷲、龍の神獣たちと契りをむすんで父親の違う息子たちを次々に産んだ時でも、愛に関して過剰であった我が夫アポロンの血筋のせいと考えて何も伝えなかった。だから、己の息子が母から独り立ちするかもしれぬと知ってもショックを受けるのではないぞ）

（母上様、死んだかもしれぬペルセリアスが生きていると聞かされて、これ以上ない幸せを感じております。ご遠慮なくマクミラ様がペルセリアスを助けた最後の理由をどうぞ伝えてくだされ）

（最後の理由は、マクミラ様がペルセリアスに恋をしたのではないかと思う。そう驚いた顔をするものではない。マクミラ様は冥界で最高位の神官であらせられた時分、たしかに「誰も愛さず、誰からも愛されずに」おられた。だが、マクミラ様が唯一惹かれておられた男性が父親のヴラド・ツェペシュ将軍じゃ。〝ドラクール〟様が「吸い取るもの」と呼ばれるのは、ヴァンパイアだからではない。周りのものの気持ちを吸い取り引きつけてやまない魅力のゆえにじゃ。ペルセリアスには、時折〝ドラクール〟様と同じオーラを感じることがあった。マクミラ様が、最初から自分の気持ちに気づいているとは思えぬ。なぜなら一度も愛を知らぬものは、目の見えぬものが本当の色を知らぬように自分の感情の動きに気づくこともない。だが、いったん自分の気持ちが愛と気づいたとき、二人に何が起こるかはわしにもわからない）

そこまで聞いて、ユピテルが愉快そうに思念を発した。

（天界からは助太刀を出せずに新しいゲームには興ざめと思っていたものが、おもしろい展開になったものじゃ。プルートゥめ、「冥界のことは冥界のものたちで始末をつける」と宣言しおったが、元天使長の助けを借りると知ってくやしがる姿が目に浮かぶようじゃ。アポロニアよ、心配は無用。道は必ず開ける！　星へ困難な道を（Ad astra per aspera.）

第4章

1 ミシガン山中

魔物狩りが一段落したマクミラは、ヌーヴェルヴァーグ・タワー最上階の自室で思い出していた。一九九一年夏、聖ローレンス大学でのゾンビーソルジャーたちとの闘いで傷ついたクリストフの肉体をミシガン州山中に持ち帰った時のことを。

勝負に勝った「ご褒美をあげる」とナオミたちに約束したからには、彼女の友人を見殺しにするわけにはいかなった。これは戦争や裁判ではなくゲームなのだから、ボーナスポイントというわけだ。

山中には、ヌーヴェルヴァーグ財団が運営する四つのテーマパークがあった。

通常のテーマパークが「夢と希望の象徴」なら、マクミラのテーマパークは「悪夢と恐怖の象徴」だった。第一の建物ゾンビーランドでは、不老不死の研究がおこなわれていた。第二の建物ノーマンズランドでは、軍事兵器が研究されていた。第三の建物ナイトメアランドでは、精神世界の研究をおこなわれていた。最後の建物アポロノミカンランドでは、魔術と神話の研究とアポロノミカンが探索されていた。

クー・クラックス・クラン（KKK団）と関係を持ちながら、彼らが拠点を持つ南部ではなく、中西部のミシガン州に研究所を置いたのにはわけがあった。KKK団の歴史は五つに分けることができる。

南北戦争直後の一八六六年に誕生してから「再建の時代」の第一期には、彼らはほとんど反乱軍同様の無法集団であった。

しかし、一九二〇年代に再興した第二期には、合法的に極右政治運動を行い、会員数は数百万人に達したと言われる。

最も悪名高い第三期が、公民権運動に対抗して黒人に対するリンチやテロを行った一九六〇年代である。

第四期の一九七〇年代は、団体がPR活動に従事した時期で、後にKKK団のリーダーシップを取ることになる理論家たちが誕生した。

一九八〇年代以降の第五期に入ると、黒人差別団体という伝統的な方針から、白人優越主義（White supremacy）を全面に押しだすようになり、アジアが世界の脅威になるという黄禍論、ユダヤの世界陰謀説、反共産主義などが掲げられるようになってデモや襲撃などが中心的な活動になっていく。

また、ミシガン州にはミニットメンと呼ばれた独立戦争時代に即時召集に備えて待機していた民兵以来の伝統を持つ準軍事組織が存在していた。こうした武装勢力は「自分のことは自分で守る」という大義名分の元に軍事訓練さえおこなっていた。

「赤さび地帯」と呼ばれる東・中西部の重工業地帯はかつては鉄工業を中心に栄えていたが、現在では自動車業界などの構造不況産業を抱えて失業率が高い。こうした地域には、非大卒の白人貧困層が海外からの輸出増加や連邦政府の政策に不満を募らせており人種差別主義的な運動が育つ下地があった。

2 ポシー・コミタータス

第五期に入って、KKK団は他の極右団体とも連帯を図るようになる。

たとえば、一九六〇年代に設立されたアメリカにおけるKKK団と並ぶ強大極右組織「ポシー・コミタータス」である。この団体のメンバーたちは政治がローカルなものだと考えており、選挙で選ばれる各地の保安官こそ最高の行政官であり、カウンティと呼ばれる各郡では保安官が連邦や州政府の影響なしに自由な権限を持つべきだと考えている。白人こそがイスラエルの失われた種族の子孫であり、ユダヤ人は悪魔から派生しており黒人その他の少数民族は人間以下であると考えていた。

さらに、一部のメンバーは戦争や災害に備えて生き残るために、食料備蓄や武装する必要を信じるサバイバリズムを信奉している。一九七六年のFBIの報告書によれば、当時すでに全米で一万二千人から五万人のメンバーとさらにその約十倍のシンパがおり、二十三州に七十八の支部があると言われていた。

先ほど触れたKKK団第五期の理論家の一人ボブ・マイルズはミシガン州フリントの出身であり、KKK団内部の対立を解消して他の人種差別団体との連携をかけて、それを実現させることに貢献した人物である。

KKK団は非合法組織の常で、さまざまな符牒を用いていた。自分たちにだけ通じる表に出せない言葉を共有することで、裏のきずなを強めようとする儀式のようなものだった。彼らは、全米組織をエンパイア、全米の長をインペリアル・ウィザード、特定の州組織をレルム、各レルム長をグランド・ドラゴンと呼んでいるが、マイルズはミシガン州のグランド・ドラゴンにまで上り詰めている。マクミラは、マイルズがまとめあげた暴力的な非合法活動組織のノウハウと白人国アメリカの将来のビジョンを知りたいと思ったのであった。

マクミラは、人種対立をあおったり騒乱の引き金を引いたりこれはと思う人材を発掘するために極右団体と交流を持った。しかし、人材発掘の可能性に関しては絶望的だった。実際、人類にとっては幸運だったのは下司な集団には光る人物は全くいなかったからだ。優秀な人間は自分の意見をはっきりと主張する傾向があり、必ずしも組織には向いてはいなかった。

マクミラは人間を見ていて興味深いと思った。いかなる集団であっても、優秀な人間などまず十人に一人もおらず、せいぜいマシな人間が三割、普通の人間が四割、ひどい人間が三割というのがマクミラの評価だった。

興味深いのは、最もひどい人間はレベルが低すぎて自らのレベルを認識できずに「自分こそ優秀」

と勘違いしている点だった。少しマシな人間も優秀な人間の匂いだけはかぎつけて、陰で悪口を言ったり足を引っ張ることに血道を上げる。結果として、たまたま指導する者も優秀でない限りは、優秀な人間は才能を伸ばすよりもつぶされることが多かった。

自分のベストを他人がやすやすと超えていくとき、それを努力の才能の結晶と呼ぶことができずにあらさがしをする輩のなんと多いことか！　まるで彼らの活躍が親の仇でもあるかのように。ところが、普通の人間は概して謙虚であり勘違いもしないために正しい判断をすることが多かった。結果として、ほとんどの集団ではねたみとそねみがメンバーの行動原理になっていた。

3 不条理という条理

勘違いしたものが優秀なものの足をひっぱるなどということはありえない神々の世界を知っているマクミラには、人間界の状況は全く理解しがたかった。まるで人間界においては、「不条理が条理」であるかのようだった。

そうしたとき、マクミラは人間界に送られる場での冥主プルートゥの父への質問を思い出した。

（人間どもの魂と思いを交わすたびに、不思議に思う。あやつらは、なんのために生まれ、なんのために生きるのか。神に愛され才能を開花させた者は、芸術家や導くものとしてその名を残す。だが、多くは現世的な成功を求めて争い、他人をけ落としてでも、上を目指す一生を送る。生存競争が自然の摂理だとしても、なぜ他の生物を殺し、搾取し、飾り立てるのか？　なぜ他の動物と共生する道を探らず、破壊の道をひた走るのか？　なぜ野辺の草花に目を向けようとはしないのか？　なぜ競争をし、優劣をつけるのか？　なぜ個性を尊重しようとはしないのか？　なぜ肌の色の違いや、自然の恵みをめぐって殺し合うのか？　なぜ助け合い、お互いを尊敬しないのか？　知れば知るほど、人間がわからなくなる。生きること自体が目的と、うそぶくやからもいる。しかし、それは誤りじゃ。たかだか百年の寿命しかもたず、七〇を過ぎれば身体が不自由になり、八〇を過ぎれば判断能力の劇的衰えを経験する。それでは苦しむために生きるようなものではないか。「なぜ人間は生きるのか？」冥界に来た哲学者や教祖と呼ばれる者共の誰も、答えを出せなかった。答は、人間一人一人にかかっているとしか言えぬのか、ドラクール？）

心理学者のデイヴィド・ダニングとジャスティン・クルーガーの優越の錯覚についての理論*はまだ発表されていなかったが、そのために日本の芥川龍之介が書いたという『蜘蛛の糸』を読んだときには、この寓話は人間界の比喩ではないかと思った。

地獄で苦しんでいた極悪人の犍陀多がかつて蜘蛛を助けたことを釈迦が思い出して、極楽から一本の蜘蛛の糸を垂らして救ってやろうとする。しかし、上っていた細い一本の糸に数限りない罪人たちもよじ登り始めた時、犍陀多が「これは自分のものだ、降りろ」と叫んだとたんに蜘蛛の糸が切れてしまうという話である。

なぜなら底辺にいるものは、自分より上に行こうとするものをそうはさせじと引きずり下ろそうとするのが常である。釈迦のようにすでに高い位置にあるものだけが、「細い一本の糸を垂らして」他人を引き上げてやろうとする。だがそれも地獄の底辺で苦しむ亡者たちのじゃまによって、挫折することが多いのだが。

神々の世界においては、嫉妬や中傷があったとしても誰かの能力が過大評価されたり過小評価されたりすることはなく、真の実力が認められたし能力のあるものは常に一目置かれた。そのために、嫉妬や中傷が誰かの行動原理になることはなく、そんな暇があったら努力をすることが当たり前だった。

ところが、人間界では努力して上を目指すよりも他人を引きずり下ろす方が手っ取り早いとか、それが最優先だと信ずるものも多かった。

優秀な人間にとっても全体にとっても不幸なことには、嫉妬や中傷に血道を上げる輩が力を持ったときに、誰かが愚行を批判することは不可能だった。

なぜなら、そんなことをすればとばっちりを受けることがはっきりしていたからだった。さらに、おかしなことには自らが所属する分野の努力を放棄した人間は他の分野ですでに権威を獲得した人間にすり寄ることも多かった。畑違いであれば、自分のみじめさを直視する危険をおかすこともないからである。

マクミラは、「その人がすごいのはわかるが、あなた自身はどうなのだ？」と問いたい気分だった。

ドロドロした波動の人物と一緒にいると、精神状態だけでなく体調まで悪くなるために人間を知れば知るほど気分が重くなった。

同時に自分の考えに気づいて愕然とすることもあった。

ん、何を悩んでいる？

まるで立場が逆ではないか。ナオミではあるまいし！　わたしの立場ではひどい人間が主導権を握って優秀な人間たちに仕事をさせずに絶滅の方向へ向かえばよいのだから、人間のおろかさをよろこぶべきなのだ！

＊一九九九年に発表されたダニング＝クルーガー効果は、能力の低い人ほど自分を過大評価する傾向を定義して、翌年のイグノーベル賞を受賞した。

4 引き抜き

しかし、頭のいいマクミラはすでに気づいていた。

どうしようない人間界においても、ひとつの可能性が残されていたことに。

それは、こころよきものたちのネットワークだった。

ふところが深く優秀なリーダーの下には、よき人間たちが集まって開かれた議論が行われる。そんなときには、それぞれの実力がきちんと認められるだけでなく、上のものが下のものの才能を伸ばしてやることができた。

世界中から最高の英知の集まる研究機関に傑出したリーダーが誕生するという奇跡もまれに起こった。歴史上、そんな条件がカジノのルーレットの大当たりのようにそろうこともあった。

わたしにもそんな仲間はできないものか……

マクミラが、ジェフについ愚痴をこぼすことも多くなっていた。

「極右団体の連中といるとゲームのためといってもイヤになるわ」

そのため、ナオミとの闘いでクリストフと出会ったとき、マクミラは思った。

フ〜ン、この男おもしろいオーラを出してる。

ゾンビーランドの医療用ベッドには、アルゴスから発せられた稲妻を受けて全身焼け焦げたクリストフが横たわっていた。

マクミラは、腕組みをして考え込んでいた。足下には、例によってキルベロス、カルベロス、ルルベロスの三匹がまとわりついている。

赤ん坊時代のマクミラにヴァンパイアにされて以来、忠誠心をつくしてきたジェフェリー・ヌーヴェルヴァーグが訊いた。

「マクミラ様、おそれながら相手側メンバーの命を救うのは、ゲームのルールに抵触しませんでしょうか？　プルートゥ様の罰が下るようなことを見逃しては、亡き父からなんとしかられることか」

「心配無用よ」マクミラが答える。

「その通り」ゾンビーランドの責任者ドクトール・マッドが、同意した。

　普段なら魔道斉人が表に出ているが、心血を注いで作ったゾンビーソルジャー軍団のメンバーがナオミたちに全滅させられたショックで引っ込んでしまい、陰の人格マッドが現れていた。

「そう、心配不要なのだ。これだけひどく雷に打たれてヴァイタルサインがあることの方が奇跡なのだ。普通なら火傷面積が三割を越えれば生死にかかわる。だが、この男は無事な部分の方が三割以下だ。できることは医学的には何もない。だが、ジェフの質問の答えには興味がある。瀕死の重傷を負った相手側の戦力を助けようとは、どういう了見なのだ？」

「相手の貴重な戦力を自陣営に取り込めれば、相手の戦力を低下させて同時にこちらの戦力も強化できる。一石二鳥ではないか？」

「なるほど、そういうことでしたら」ジェフが納得して言う。

だが、マッドは納得しない。「この薪の燃えかすのようになってしまった男が、それほどの人材という根拠はなんじゃ？　今は、これまでの軍団を越えるゾンビーソルジャーの研究にかかり切りなのじゃ、それを聞かせてもらうくらいの権利は儂にはあるはず」

「この男が持っているオーラよ」

「オーラ?」

「この男には、父に似たオーラを感じる。ヴラド・〝ドラクール〟・ツペシュは、冥界でも人間界から来たものとしては傑出した存在。この男を救って味方にできれば大きな戦力になるはず」

「そんな仕事の手伝いは契約にはなかったはずじゃ。ムダな努力をするほど儂はヒマではない。燃えかすをいじくりまわしたければ好きにするがよいわ」

マッドは捨て台詞を残して、別室に向かってしまった。

5 血の契りの儀式

「魔道、いやマッド抜きで、これだけ損傷を受けた患者を救えるのですか?」ジェフは途方に暮れたように言った。

「現代医学の力など、端から当てにする気はないわ。さあ、ひさびさに祭祀を執り行うとするか」マクミラがハスキーボイスで続ける。

腕まくりをしようとしたとき、三匹がワンと一声吠えた。

「我としたことが……まず血を吸わなくては」青白い顔がなぜか赤らんだ。

するどい牙をクリストフの首筋に突き立て、わずかに残った血流を探し当てる。安堵の表情が浮かぶが、儀式に十分な血を吸えたかは確信がなかった。

「いざ、〝ドラクール〟一族の契りの儀式を始めん。この者、我らとの縁ありや。もしも前世よりのなんらかの縁あるならば、黄泉がえり我が眷属とならんことを願う。もしもなんの縁もなかりせば、プルートゥ様の元へと向かい裁きを受けるがよい」

　マクミラが左手首に自ら鋭い牙を突き立てた。

「我が腕より流れ落ちる血、この者の体内を駆けめぐらんと欲す！　流れ落ちる血、この者に〝ドラクール〟一族の眷属にふさわしい魂と身体を与えんことを祈らん！　流れ落ちる血、この者に呪いと祝福を与えんと欲す！」

　たちまち静脈が破れて、真っ赤な血がしたたり落ち始めた。

「以前、言ったわね。我はヴァンパイアの身内を増やすことには慎重だと。だが、この男を救うのは正しいことだと確信がある」

　焼け焦げたステーキどころか暖炉の中の燃えさしのようになったクリストフの身体が、マクミラの手首からの血を受けて変化を起こし始めた。

　ドクン、ドクン……

　マクミラの血がクリストフの身体に落ちる度に、ヤケドした皮膚に赤みが戻り心拍を停止していた心臓の鼓動が戻ってきた。

　かすかにだが、ウッ、ウッと呻き声が聞こえた。

マクミラがつぶやく。「まだ完全には細胞が死んでいなかったようだね。もしそうなっていたら精神を作り替えることもできないし」

必死の形相は、さながら「フランケンシュタイン計画」を進めていた当時の魔道であった。

だんだんとクリストフの回復のスピードが遅くなっていく。それでもマクミラは血を垂らすことをやめない。

あまりに多量の血を見てジェフが心配になる。「マクミラ様、それでは血液のほとんどを流してしまいます。どうぞ私の血もお使いください」

「ダメよ。儀式の途中で血を変えるなんて……ましてや、お前のワインブレンドの血では効き目があやしい」

「こんな時に、ご冗談を……」

いつもの青白い顔がさらに青白くなって、マクミラがうめく。

「たしかに冗談を言ってる時じゃないわね。我がオリジナル・ブラッドをもってしても、これ以上はなんともしがたいか……」

考え込んでいたジェフが思い切って言う。「マクミラ様、奥の手を使われては」

「奥の手？」

「アポロノミカンです」

6 神導書アポロノミカン

「アポロノミカン⁉」

「たいへんな時間がかかりましたが、神導書の修復はほぼ終わっております。神導書を見たもののほとんどが発狂するか人間以外に変化してしまうため、取り扱いには最高度の注意を要します。ですがマクミラ様なら……」

「盲目の我になら何かが起こる心配はないか！　だが、この男は耐えられるだろうか？」

「オーラから判断して、おそらくこの男も天界から送り込まれたゲームの一部。そうであれば、アポロノミカンの衝撃も乗り切れる可能性大です。それにこの状態では……もはや、他に打つ手はないかと」

「わかったわ」言うが早いか、三匹をしたがえると部屋を飛び出した。

一人残されたジェフは、つぶやいた。

「ついにマクミラ様にも愛する男が現れた。ご本人はまだ意識されておられないが、あのあわてようにまちがいはない。父親のオーラを感じさせるあの男の命、なんとか救ってやりたいものだが……」

マクミラが生まれる前から、散逸した神導書はジェフの父ヌーヴェルヴァーグ・シニアの手によって少しずつ回収されていた。他の研究所とは違って、アポロノミカン・ランドは完全オートメ化されていた。神導書は不可視化された特殊ガラスケースに納められており、どうしても開かなくてはいけないときだけ羊の皮で作られたマジックハンドによる遠隔操作がおこなわれていた。

関係者で唯一セキュリティ・チェックがフリーパスのマクミラは通路をひたすら走った。途中で気がついてキル、カル、ルルの三匹に声をかけた。

「いいかい、ここから先は目をつぶっておくんだよ」

ウ〜、ワン！　三匹がそろって返事をした。

マクミラは、アポロノミカン・ランドでも最高レベルの警備体制を取る通称「禁断の部屋」に足を踏み入れた。部屋は常に暑すぎず寒すぎず本にとって最適な湿度に保たれていた。

あせる気持ちを抑えてマクミラはゆっくり特殊ガラスケースをはずした。ヴァンパイアの特徴の一つ鋭い爪が神導書に触れた瞬間、トクンと血流の音がした。

次の瞬間、マクミラは脳天まで突き抜ける衝撃を感じた。

マクミラが盲目の自分はアポロノミカンの影響を受けずにすむと思っていたのはあまかった。影響が小さいだけでつかんだ瞬間からアポロノミカンは、強力なメッセージを直接、彼女の脳に語りかけてきていた。

7 走れマクミラ

（ヴラドの娘か？　ほう、パラケルススの義理の孫でもあるのか。他の者ならそう簡単には持ち出させぬところだが、お主との因縁に免じて許してやろう。だが、ぞんざいな扱いをしたならば一生後悔することになるぞ）

マクミラは生まれかわってから初めてゾッとした。父を死よりツライ目に会わせた元凶を手にし、思わず投げ捨てたい気持ちをおさえつけて、ゾンビーランドで彼女の待つ男ためにきびすを返した。

古びた一冊の本とは思えぬほど、アポロノミカンは重かった。大量の血を流したためもあったが、まるで重力にあらがうかのように歩みが重かった。数百年を越える歴史と人々の感情を吸収したアポロノミカンには信じられないほどの重量があった。

心配したキル、ルル、カルが、目を閉じたまま声をかける。

「何のことはない。これくらい」マクミラが空元気を出して答える。

しかし、一歩一歩足取りは遅くなるばかりであった。

その時、アポロノミカンが思念を発した。

（なんじゃ。パラケルススは、お前に緑の霧のことも伝えていなかったのか？　まったく世話の焼ける小娘じゃ）

マクミラの周りに緑色の霧が立ちこめると、突然、アポロノミカンの重量を感じなくなった。いつのまにか三匹の子犬たちは、うとうととし始めている。

（よいか、アポロノミカンを持ち歩くときは、儂に緑の霧を起こさせるのじゃ。そうすれば重量が軽くなるだけでなく、ターゲット以外のものを眠らせることができる）

「か、かたじけない！　お主、もしかすると聞き捨てによらずよい本なのか……」

マクミラが走り出そうとすると、アポロノミカンが再び思念を発した。

（あわてるな。特殊ガラスケースごと運ぶのじゃ。ターゲットに儂を見せた後、どうするつもりじゃ？　すぐにしまわないといかんぞ。その場にいあわせたものすべてを発狂させるのは、あまり気分のよいものではないからな）

マクミラはアポロノミカンと交流しながら不思議な気分だった。父の経験した「この世の地獄」のきっかけを作ったアポロノミカンを恨みに思ってきたが、この本自体はそれほど悪じゃないかも、という考えが浮かんだ。だが、今はそんなことを考えている時じゃない、と思い直した。

ゾンビーランドに向かって全力疾走を始めた。それでもマクミラの周りを大量の緑の霧は追ってきた。

クリストフが横たわるゾンビーランドの部屋に飛び込んだ。

8 堕天使ダニエル生誕

マクミラがいない間もクリストフは死んだように眠っていた。

「インフォームド・コンセント無しだが、覚悟はよいな？」アポロノミカンを開くと言った。「さあ、目を見開いて見るがよい！　このまま行ったきりではくやしくないのか？」

クリストフはピクリともしない。

「一瞬でいい、目を開けよ！」

それでも動きはない。意を決して、今度は右手首にマクミラが〝ドラクール〟の眷属の証である鋭い牙を突き立てた。

血が再びクリストフにしたたり落ち始める。

「行くんじゃない！　カモン、帰ってこい！」

そのとき、呼びかけに答えるように薄くクリストフの目が開いた。

「よし、見るがよい。アポロノミカン！」

その瞬間、天界にいた頃の人格、人間界に来てからの人格、マクミラの血によって生まれたヴァンパイアの人格のすべてを隔てる壁が一気に崩壊した。

さらにアポロノミカンが語りかける膨大なメッセージがクリストフの頭の中に入ってきた。

ア～！

クリストフの叫び声は永遠と思われるほど長い間、ゾンビーランド中に響き渡った。

マクミラがようやく凄みのある微笑みを浮かべた。

そのときアポロノミカンの思念が伝わってきた。（マクミラよ、ついに『鍵を開くもの』になったな。儂が持ち主に選ばれることはない。儂が常に持ち主を選ぶのじゃ。祖父パラケルススがいつも仮面をつけていたのは伊達や酔狂ではない。あの仮面はアポロノミカンの中身を見ないように両眼がふさがっていたのじゃ。儂を自由に持ち歩けるようになるまでには、あやつでさえ数十年を要した。いきなり儂を使えるとは、さすがはマクミラよ。今後は、お主が儂の管理をするがよい）

かつての天使長で金色の鷲ペリセリアス、人間界でクリストフとして育った男は、堕天使に生まれ変わった。着ていた服に残っていたイニシャルがCだったため、マクミラはDで始まるダニエルと名づけた。男は堕天使に変身しても、セラフィムだった名残で六枚の美しい羽を持っていた。

ただし、呪われたヴァンパイアの血のせいか、かつて白かった羽は真っ黒に変わっていた。失われたクリストフの残滓にマクミラの「輸血」とアポロノミカンによって生じた人格がまざって混乱したが、だんだんマクミラのパートナーとしての新しいアイデンティティが生まれてきていた。

こうしてダニエルはニューヨークに行き彼女の任務に手を貸すことになった。それをジェフが心から喜んだことをマクミラは知らなかった。

9 四人の魔女、人間界へ

最初は、煉獄界の入り口に開いた小さな四つの点に見えた。

だんだんと、人間界に近づくにつれて四羽の巨大なチョウに見えた。

秩序を乱した罪で閉じ込められていたが、冥界からの脱獄を果たした四人の魔女たちであった。

「爆破するもの」悪魔姫ドルガは、翼竜の羽を持っており羽ばたきの度に小さい竜巻が起こる。ドルガを救うことには父親で死の神トッドの嘆願があった。

「いたぶるもの」氷天使メギリヌは美しい十六枚の黒い羽を持っている。その気高さとサディストとしての内面は、遠縁にあたるかつての天使長ルシファーと大魔王となったサタンの両面を表していた。

「酔わすもの」蛇姫ライムは、母で「遠くへ飛ぶ女」エウリュアレ譲りの青銅の腕と黄金の翼によって誰よりも力強く遠くまで飛べた。だが、怒りに身をまかせて変身すれば、顔にイノシシの牙を見せ、髪が蛇になり、口からは長い舌が垂れ下がる。その姿を見たものは、誰であっても血も凍る恐怖によって石に変わってしまうが、普段はネプチュヌスの愛人であった美しかった頃の叔母メデゥーサにうり二つ。

「悩ますもの」唄姫リギスは、芸術の才があり優雅にコウモリのような羽を動かす。得意技は空中に浮遊しながらの精神攻撃で、さすがのマクミラもあやういところでリギスには不覚を取るところであった。

六百年の長きにわたって極寒地獄コキュートスに閉じこめられた後、彼女たちをとらえたマクミラへの復讐と大魔神スネール復活に双眼は燃えていた。


（マクミラへの怨み、いかにはらしてくれようか）ドルガが思念を発する。

（ドルガ様、怨みをはらし最高神たちの鼻をあかす一石二鳥、いや追求の手をもつぶす一石三鳥の手がありますぞ）メギリヌが思念を返す。

ライムが質問の思念を送る。（なんじゃ、それは？）

リギスが代わって答える。（アポロノミカンでありんすな……）

メギリヌが同意する。（その通り。マクミラは、ミシガン山中に「悪夢と恐怖」のテーマパークを作った。第一の建物では不老不死研究。第二の建物では軍事兵器研究。第三の建物では精神世界研究。最後の建物では魔術研究とアポロノミカン探索を担当させた。すでに不死者軍団は、マーメイドの小娘と天使連合との闘いで壊滅的な打撃を受けたようだ。だが、責任者の魔道とかいう奴には、つけこむスキがありそうだ。スネール様の眠っておられるニューヨークに行く前に、様子をうかがっておこうじゃない？）

リギスが思念を送る。（ニューヨークには邪悪なエネルギーが渦巻いてありんすが利用するには、我らの能力はまださびついてありんす。腕ならしに、まずアポロノミカンを手に入れてみてはどうでありんしょう?）

第5章

1 ナオミの憂鬱

一九九二年九月から翌年四月にかけて、ナオミは聖ローレンス大学二年目をディベート部の活動にどっぷりつかって過ごした。

アメリカでは、大学対抗の政策ディベート大会シーズンは九月の北アイオワ大学大会で幕を開ける。一つの山場が十一月のシカゴ近郊ノースウエスタン大学のオーエン・クーン記念大会であり、その次の山場がクリスマス直前に開かれるロスでの南カリフォルニア大学大会である。

年が明けて、二月に開かれる南部のウェイク・フォレスト大学ディキシー大会を経て、三月のカンザス大学ハート・オブ・アメリカ大会で招待制大会が終了すると、そのシーズンの通算成績のよかった大学による年間最大のイベント、四月の全米ディベート選手権に備えることになる。

ディベート部に所属する学生は、一つの論題を九ヶ月にわたってリサーチし、資料を作成し、ほぼ毎週末各地の大会に参加して過ごす。一九九二年秋から翌春にかけての論題は、「米国内における有害廃棄物の投棄から生じるすべての危害は製造者の責任とするべきか?」であった。

政策論題はさまざまなケースを含んでおり、有害廃棄物の定義に関し、現在はもちろん過去や将来の可能性まで、私企業の産業廃棄物から政府関連施設から出る廃棄物までのすべてをリサーチする必要があった。ディベート大会には、木曜日夜に飛行機や大学院生のアシスタントコーチたちが運転するバンで会場となる大学近くのホテルに乗り込む。コミュニケーション学部の大学院生たちは、「芸は身を助ける」見本でディベートコーチをすると授業料免除の特典がつく。金土曜日の二日間で、肯定側、否定側各四試合の計八試合の予選の審査員をしなければならないため、人並み以上の体力がないとコーチは務まらなかった。一度トーナメントに出かけると、週末がつぶれるため厳しい大学院の授業の予習や課題をこなす知力も求められることは言うまでもない。

大会に参加する学部生にとっても、予選ラウンドは一試合二時間近くかかる試合を一日四試合する体力勝負の側面もある。予選八試合で五勝三敗以上の成績をおさめたチームは、日曜日にトーナメント方式の決勝ラウンドに進む。通常、十六チーム以上が決勝ラウンドには参加するため、朝九時に開始しても決勝戦が真夜中にいたることもめずらしくはない。決勝ラウンドで、肯定・否定側のどちらを取るかはコイントスによって決まるが、すでに予選ラウンドで対戦していた場合、逆のサイドを取るというルールがある。

肯定側は、証拠資料に基づき政策のメリットを論じることで論題の採択を提唱する。採択の拒絶を提唱する否定側には、主に三つの戦略上の選択肢がある。一つ目が、肯定側が提唱する政策はメリットを達成できないと証明すること。二つ目が、肯定側のメリットを上回るデメリットが生じると論じること。三つ目が、肯定側のメリットを上回るようなメリットを得られる相互に排他的なカウンタープランと呼ばれる代案を提示することである。「相互に排他的」とは、簡単に言えば「同時に採択できない」という意味である。肯定側が首都をワシントン特別行政区からニューヨークに移転すべきだというプランを提出した時、否定側がニューヨークよりもロサンゼルスのようが移転先としてよいと論じることが一例である。同時に二つの都市に首都を移転することはできないので、肯定側のプランと否定側の代案は相互に排他的となる。それ以外の戦略として、肯定側のケースが論題の要求に見合わないと論じる「論題適合性」もあるが、通常、上記三つの戦略と組み合わされる場合が多い。

2 全米ディベート選手権

マクミラが極右組織に接触して以来、メンバーのレベルの低さに辟易していたのとは対照的に、ナオミはリベラルで知性的、つきあっていて気持ちのよい人々に囲まれていた。

全米トップクラスの大学で上位の成績を取るディベーターたちは、卒業後、法科大学院やコミュニケーション学部大学院への進学を目指すものも多かった。彼らの中には、卒業後に政治家や大学教授、裁判官や検事になるものも多い。たとえば、一九七六年に三年生で全米選手権を制したロバート・〝ロビン〟・ローランドは、ノースウエスタン大学で修士、母校カンザス大学で博士号取得後、同大学コミュニケーション学部教授になり学部長を務めた。また、パートナーのフランク・クロスは、ハーバード大学法科大学院を最優秀等の成績で卒業し、名門テキサス大学法科大学院及び経営学大学院兼任教授になっていた。

全米選手権の優勝を毎年のように争う顔ぶれは、ほぼ決まっていた。全米中から秀才を集めるハーバード大学（一九九三年時点で優勝六回）、卒業生基金による潤沢な予算を持つダートマス・カレッジ（同六回）、社会科学系の名門ジョージタウン大学（同二回）、コミュニケーション研究の名門ノースウエスタン大学（同六回）、全米一のディベート部監督ドン・パーソン博士を擁したカンザス大学（同四回）、南部の強豪ベイラー大学（同三回）などが常連校であった。

ナオミのディベートコーチのナンシー・マウスピークスも、パーソン博士の弟子で、大統領選テレビディベートの研究で博士号を取得していた。

この年、ナオミたちは「アメリカは耐用年数の過ぎた宇宙衛星を放置しており、地上に落ちてきた宇宙衛星が害を引き起こす可能性があるため、自動的に安全な場所に落ちるような対策を取るべきだ」というケースを論じて、旋風を巻き起こした。モデル並の抜群の容姿のケイティとキリッとした顔立ちのナオミが、早口で議論を展開すると相手チームの顔色が変わり、シーズン途中からは「カンザスの竜巻娘たち」と綽名されるようになった。

残念ながらダートマス・カレッジ四年生チームとの準々決勝戦で、「宇宙廃棄物は『米国内』という定義に合わないために、ケースには論題適合性がない」という議論を出されて四対一で負けてしまった。彼らは、「米国内」とは「米国領土内」の意味であり、たとえ宇宙空間の廃棄物に問題があったとしても「今回の論題が定義する範囲外である」と論じた。論題適合性は、肯定側によって提示された「論題定義外のケース」が認められるならば、否定側はすべてのケースを準備しなければならず公平性が確保されなくなるため、これを落とせば肯定側が自動的に星を落とすと考えられることが多い論点である。

全米選手権優勝チームは四年生が多いが、高校四年間ディベートを経験している学生が多いこともあり三年生が優勝することもめずらしくはない。しかし、二年生は優勝どころか決勝戦まで進むことがまれで、ナオミとケイティが聖ローレンス大学代表として、ベスト八まで進出したのは大健闘と言えた。

だが、ナオミを悩ませたのはディベートの結果ではなく、繰り返し夢枕に現れる祖母トーミの姿だった。

3 トーミ

夢が始まったのは、カンザスの早い夏が始まった六月上旬だった。

「ナオミや、元気かい？　よろこぶがよい。わしもプルートゥ様の元へ行く日が近づいたようじゃ」

「それって、おばあさまが亡くなるってことでしょ！　よろこんだりなんてできないわ。ずっと生きていて欲しかったのに」

「おやおや、亡くなるなんて、人間の使うような言葉を使うじゃないよ。魂は不滅じゃ。わしにも生まれ変わりの時期が来たのじゃ」

「生まれ変わり？」

「そうじゃ。しばらくは霊界で過ごし、その後、転生するのじゃ。わしは神々のように果てしない時を生きたいとは思わないし、これまでの数千年間は十分すぎるほど長かったわい」

「おばあさまに、もう連絡は取れなくなるの？」

「まず人間界で守護霊として過ごして、いつかどこかで生まれ変わる」

「そうしたら、おばあさまに会えるの？」

「さあ、プルートゥ様の閻魔帳でものぞき見ればわかるかも知れんが、どこに行くかわかってしまっては興ざめじゃわい」


いつも、そこで夢は覚めるのであった。

湾岸戦争以来、ケネスからは学費と生活費分の小切手が海軍から送られてきたが、たまに電話が来るだけで会っていなかった。

ケネス以外に家族と言える存在を持たないナオミは、ケイティに誘われてハワイに一週間帰っただけで、例によって七月は高校生向けディベート・セミナーの講師を務めて過ごした。

二年前はお子ちゃま相手に三週間も過ごすなんて地獄だと思ったが、段取りが分かってきてトラブルにもスムーズに対応できるようになった。なにより高校生たちが「この人がカンザスの竜巻娘の一人か」と憧れの眼差しで見てくれるので、言うことを素直に聞くようになったのも大きかった。

一九九三年八月、ナオミはディベート部の先輩バート・ガーフィンケルと部室の前でばったり出会った。バートはカリフォルニア出身で高校生時代には二人チーム制政策論争ディベートではなく、資料を使わない一対一でスピーチスキルを中心に勝負するリンカーン・ダグラス式ディベートでならしていた。聖ローレンス大学に進学後は政策論争ディベートにも対応して、昨年ナオミたち同様に全米選手権ベスト八まで進んだ優秀なディベーターだった。

九月からの新シーズンには、四年生としてキャプテンを務めることになっていた。バートの牛乳瓶の底のようなめがねの奥の目がニコニコしていた。

「やあ、ナオミ、おめでとう！」

前年度全米選手権ベスト八のことなら昔すぎるし、ナオミにはおめでとうと言われる心当たりがなかった。

「いったい何のこと？」

「君に、来年度のディベート奨学金が支給されることになったんだよ！」

「本当ですか！」

4 アイ・ディド・ナッシング

アメリカのディベート名門大学では、フットボールやバスケットボールのように大学の威信がかかっている。対抗試合で優秀な成績をおさめる学生には、授業料免除の奨学金が授与されることがあるし、有望な高校生にはリクルートがかかり大学同士の取り合いになることさえあった。バート自身も一年時から奨学金をもらっており、同時に学年トップクラスの成績を取る秀才であった。

「君はナンシーに感謝しなくちゃいけないよ」

「どういうことですか？」

「まだ聞いてなかったのか。奨学生選考会議で、彼女が君を熱烈に推薦してくれたらしい。ハワイから出て来て一人でがんばってる君の努力に報いないって法はないだろう、とかなり熱弁を振るったみたいだ」

そうか。金銭に困っているわけではないが、けっして余裕があるわけでないことをナンシーはわかってくれていたのか。

ぐっとこみあげてくるものがあった。

次の日の朝。

ナオミは、マウスピークス教授のオフィスのあるビルまで飛び跳ねるように向かった。いつも朝八時半には三階のオフィスに来て、むずかしい顔をしてパソコンをのぞいる彼女にお礼を言うために。

エレベーターに乗るのももどかしく、階段を駆け上がってドアをノックした。「マウスピークス先生、ありがとうございます！」

「ナンシーと呼んで。初めて会った時、階段を駆け上がっちゃあぶないって言わなかったかしら。でも、ありがとうって、いったいなんのこと？」

「バートから聞きました。あなたの熱弁のおかげで来年度ディベート奨学金がもらえることになったって」

ナオミは、次のセリフを人生で何度も思い起こすことになった。

「私は何もしてない。もしも何かした人がいたとしたら、あなた自身よ」

一瞬、ナオミは涙が出そうになった。

だが、祖母トーミから、マーメイドは簡単に泣くもんじゃないと言われたことを思い出してがまんした。

「せっかく来たんだから、コーヒーでも飲んでいきなさい。それくらいの時間はあるでしょう？　ここ二年間のパフォーマンスはすばらしかったわ。コミュニケーション学部の教員たちも、本当に感心してる。あなたをリクルートした私としては鼻高々ってところね」

「私なんて……すばらしいパートナーとりっぱな監督とアシスタントコーチに恵まれたおかげです」

「あなたならどんな名門校に行ったとしても頭角を現したと思う。でも、ケイティやＬＵＣＧの仲間（St. Lawrence University Campus Guardians の略、聖ローレンス大学キャンパス警備隊の意味。第一部第6章参照）との出会いは、特別な意味があったわね」

「はい、そう思います」

「ディベートに関しては、予想以上にうまくやってる。このまま順調にバランス感覚を養っていって。でも正直、あなたは伸びすぎている」

「伸びすぎ……ですか？」

ナオミは、だけど成長に伸びすぎなどあるのだろうかといぶかしがった。

5　保守派とリベラル派の前提条件

「あなたは、このままでは敵を甘く見るようになる。あるいは、このまま同じ考え方をする人たちにかこまれていると、いつか反対勢力を見失うようになる」

「どういう意味でしょうか？　私の態度が悪いんでしょうか？」

「誤解しないで。文句を言ってるんじゃない。これまで教えた学生の中には、もっと頭の切れるディベーターやリサーチ能力の高い学生もいた。でも総合力では、あなたは数百人に一人の才能を持ってるわ。持って生まれたものか、何か理由があって才能の方で伸びようとしているのか。でも早熟な才能は、往々にしてトラブルを呼び寄せる。あなたがディベート以上に大切なものを見失うのがコワイの。そんな風にならないためにおぼえておいて。現実はディベートよりも、もう少し複雑なの。たとえば、社会正義とは何か？　それはつねに相対的なものよ」

「社会正義とは相対的……ですか」

「この国には、保守派とリベラル派の対立がある。どちらの立場を取るかによって、何を目指してどのような政策を取るかは、時にまったくの逆になるの」

「いままで考えたこともありませんでした」

「正直でよろしい。ディベート界にいると往々にしてリベラル派が基準になってしまう。ディベート界は魅力的で愉快な連中であふれてるわ。だけど、政治的に自由な価値観を目指して、ライフスタイルにも寛容な立場がリベラルだとすれば、伝統的な価値観や家族観を重んじて要求の厳しいのが保守なの」

「もう少しわかりやすく説明していただけないでしょうか」

「そうね。保守派とリベラル派の対立は、アメリカ社会という時計の振り子のようなものよ。どちらかに一度ゆれても必ずゆりもどしがあって、逆の方向にゆれていく」

「なんとなくわかりますが、もう少し説明してくれますか？」

「カンザス大学の先輩トーマス・グッドナイトは、アメリカ政治はリベラルと保守的前提条件の対立の歴史であると言っているわ。政策決定の場では、こうした前提条件は重要な役割を演じるの。リベラルな前提条件下では、『変化』は不可避で望ましいと考えられる。だが、永続性も時に考慮が必要と考えられる。人間は、本来、悪や利己的でないけど、知識が増大したり状況が変化したり、より効果的に新しい環境への順応性を持てるという理由で変化が好まれるの。危機的状況においては、政府には国民生活への積極的関与と指導が期待される。何事も試してみるまで結果はわからない以上、変化しないことは政府の正統性を疑われることになる。ここまでわかる？」

「人間は、元来、悪ではないと考える。つまり、性善説に立っているんですね」

6 保守派の言い分

「その通り。リベラルな人々は、大きな政府という基準で政策評価をする傾向がある。変化の原則に基づいて、言論、思想及び公的自由の保障を期待する。個人の選択、ライフスタイル、解放の目的に対しても、合憲文書の拡大解釈が社会に行き渡り適応することが必要と考えている。たとえば、リベラルな人々が同性愛者の結婚に対する権利を尊重するのは、税制上の優遇や遺産相続に関して不利にならないような配慮が時代の要請であると考えるためよ」

「故なき差別に苦しんでいる同性愛者に、異性愛者と同様の権利が保証されることに何の問題があるんですか？」

「同性婚の対応に関して、保守派は結婚を異性間においてのみ認められた神聖なる儀式と考えて、伝統的なモラルを破滅させるような同性婚は権利ではなく特権であり社会的脅威として捉えているわ」

「シビルユニオンのような正式な結婚に準じた資格を与える妥協で済ますにしても、リベラル派の『大きな政府』という考えに何の問題があるんですか？　大きな政府による恵まれていない人たちへのセイフティネットを提供は必要じゃないですか」

「保守派は自助努力（self-help）の精神を信じているわ。『天は自ら助くる者を助く』を知っているでしょう。逆に言えば、貧しい人たちが貧しいのは、努力不足による自業自得ということになるわ。すでに現行税率が高いと考えている人々は、大きな政府によって自分たち税金が貧しい人やがんばらない人に使われることにがまんならないのよ」ナンシーは続けた。「そうした人たちの信奉する保守的な前提条件下では、信念として『永続性』が最善の方向性として熱望されるの。たとえば、伝統的な家族観といった精神だわ。だけど、変化も時に考慮が必要と考えられる。永続性が好まれる理由は、本来、人間は利他的や善ではないため知識は時代の研鑽と個人的達成の試練を経なければならず、政府は権力の乱用や民間活動へ侵害を防ぐ消極的な役割を担っていると考えるの。目指すべきは小さな政府というわけ」

「今度は、性悪説ですね？」

「その通り。システム制御や問題解決を工学的な方法でおこなう試みはうまく行かずに、かえって法律に対する軽視を引き起こすと信じられているわ。永続性の原則に対して、市民の不服従が発現する状況では、体制内部と外部からの脅威に対する力には力の応対が期待される。政府の過剰な関与を削減する変化だけが、基本的自由を復興するために例外的に容認されるの」

「どちらの立場を取るかによって、同じ政策の評価が真っ二つに意見が分かれるわけですね。国全体では保守派とリベラル派の比率は、どれくらいになるのですか？」

7 データのマジック

「今は保守派が優勢ね。アンケート調査では、保守派を自認する人が三割強、リベラル派を自認する人が三割弱、中道が三割強と言ったところ。八〇年代のレーガン革命でアメリカは保守化が進んだし、リベラリズムが輝いていた時代の最後の大統領は六〇年代のケネディまでさかのぼらなくちゃならない。でもアンケート調査なんてあてにならない。どんな場所で、どんな方法で調査をするかによって、データは変わってくる。たとえば、昼の電話アンケートじゃ、生活に追われている人はつかまるわけがないし、ショッピングモールでアンケートを取ってもどんな客層か想像が付くでしょ。ある程度の余裕があって、車で買い物をすることができる幸せな家庭の人々。だから、アンケートからは生活に追われていたり困窮生活を送っている人は、対象からこぼれ落ちてしまうし、不法移民の人々はアンケートには答えない。もちろん、不法移民を国民に含めるかどうかは疑問の余地があるけど」

「ポイントは何なのですか？」

「ポイントはリベラルな前提条件を持つか、保守的前提条件を持つかによって、異なった政策だけじゃなく異なった国家システムを目指すことになるってこと。アメリカの長期政権は中道化の運命から逃れられずに、どちらかに片寄ることはあまりなかった。でも、どちらの前提条件にも支配的になった時代がある。社会矛盾の変革を指向した革新主義、世界恐慌後のニューディール政策、ジョンソンの『貧困との戦い』などがリベラルな前提条件が支配的になった例で、レーガンの保守革命が保守的な前提条件が支配的だった例よ」

「もしも時代の要請によってリベラリズムと保守主義が交代に出てくるなら、歴史の必然と呼ぶべきではないですか？　リベラル派が大きい政府によって福祉を充実させたり少数民族の公民権を保証したり、保守派が小さい政府によって財政均衡を目指したり減税によって人々の購買力や企業の活力を高めるなら、両方が異なった役割を持っていると言えるのでは？」

「そこに気づくとは頭がいい。でも、問題はそれだけじゃないの。おもしろいデータがあるわ。リベラルな政策を指向する民主党支持者と保守的政策を指向する共和支持者の比率を、さっき言ったリベラルを自認する国民三割と保守派を自認する国民三割という比率と比べると、違いがあるの」

「どのくらい違うのですか？」

「ガチガチとゆるやかなを合わせて民主党支持者が約四割強に対して、ガチガチとゆるやかなを合わせて共和党支持者も約四割弱なの。でも二〇世紀の大統領選を見ると、支持者の少ないはずの共和党の方が優勢に立っている。それは富裕層の投票率よりも貧困層の投票率が劣るためよ。だから、勝とうと思ったら二割強の中間層への訴えかけが欠かせない。中間層を味方につければ、相手に行くはずだった票を減らせるからプラスマイナス倍の差になっていく」

「たしかに、そうですね」

8 何が善と悪と決めるのか？

「これが善と悪が相対的という根拠よ。善は、時代の要請に合えば善となり、時代がそれを排除しようとすれば悪のレッテルを貼られる。あるいは、善も少数派の支持しか得られなければ間違いというレッテルを貼られる。私は思うの。正しいことは悪魔が言っても正しいいし、まちがったことは天使が言ってもまちがってる。でも、人はしばしば『奴は悪魔だ。だから、奴の言うことに全て反対する』とか『俺の側には神がいる。だから、つねに自分の決定は正しい』と考える」

「問題は、どこにあるのですか？」

「そうした判断自体は、誰にでもあることでしかたがない。問題は、たしかに『どこに問題があるか』だわ。視野の狭い、柔軟性に欠けた判断をすることの問題は、最初の決定にしがみついて他の提案を取り入れられなかったり、状況に臨機応変に対応できなかったりすることだわ」

「チョイス・イズ・トラジックですね」

「……」

「どうしたんですか？」

「おどろいたわ。そのフレーズを知っているのね。私の師匠ドン・パーソン博士の口癖なのよ。一つのことを選んでしまえば、もう別のことは選べなくなる。だから決定には責任を持たなくてはいけない。その意味で、選択は悲劇的だ」

訊かれなかったので、子供の時に夏海から教わったとは言わなかった。ナオミは、代わりに質問した。「最終的に修正されるなら短期的に多数決によってまちがった決定がなされるのも、しかたがないのでは？　多数決の原則をくつがえすことが、民主主義の世の中で可能でしょうか」

「しかたがないとあきらめるのもいいでしょう。もしも最終的に間違いが修正されるのならばね。でも、二つの点を覚えておいて。一つには、間違いには取り返しのつかないものもある。人種差別に基づいてホロコーストで殺されたユダヤ人たちの命は戻ってこないし、原爆投下によって失われた広島と長崎の一般市民の命も戻ってこない。戦争とは、宣戦布告を開始の合図にして主権国家同士が戦闘員をコマにして行うゲームなの。だから、戦闘員同士は相手を殺せば殺すほど報奨の対象にはなっても刑罰の対象にはならない。ただし、戦闘員の命がかかっているとても真剣な目的達成のためのゲーム。同時に、戦闘能力の無い捕虜や、ましてや一般市民は守られなければならない。今もナチ思想を信奉するネオナチも存在するし、原爆にいたっては早期の戦争終結に貢献した英雄だというでっち上げがまかり通っている。論理に倫理が道をゆずってしまう危険性よ」ナンシーは続けた。

「もう一つ忘れてならないのは、公的な政策決定の範囲を超えるような保守主義とリベラリズムの存在よ。極端な右寄りは通常の保守から区別されなくてはいけないし、極端な左寄りは通常のリベラリズムから区別されるべきなのよ。これも私の先輩のグッドナイトが言ってるんだけど、公的な政策決定においては、リベラルな前提条件も保守的な前提条件も許容範囲だけど、リベラリズムが革命的段階にまで、あるいは保守主義が反動主義的段階にまでエスカレートした場合、もはや公的な政策決定のプロセスに存在すべき場所はないわ」

「どういう意味ですか？」

9 ユートピアとエデンの園

「革命的な人々は、すべての政治的行動はユートピア的な目標を達成する意図の下に変革されるべきだと信じている。彼らは、世界は不完全な社会的正義によって腐敗していると考えて抽象的な価値観を好むわ。永続性を保つための議論は、それ自体が不合理的であり自己の利益のために産み出されている。他人の意見に耳を傾けることは腐敗を招くだけで、党メンバーでない者には粛正が必要と考えている。歴史的には、無政府主義者がこうした革命的な人々の例ね」

「リベラル派が、そこまで行くことがあるのですね。でも自らを律するために政府がじゃまなら政府を排除するべきだという主義は、まるで小さい政府を信奉する保守派のように聞こえます」

「極端なリベラル派がリベラル派の範囲を突き抜けてしまうと、まるで保守派になってしまうのよ。『逆もまた真なり』で、極端な保守派が保守派の範囲を突き抜けてしまうと、まるでリベラル派になってしまうの」

「いったいどういうことですか」

「反動主義者は、すべての政治的行動が文書や慣習における価値観の具現化を目指す永続的なものであるべきと信じているわ。彼らは、有史以前に完璧だった世界が、自己的な利益、あるいは法律に対する畏敬の念の欠如やおろかさによって腐敗してしまったという『エデンの園』的な考えから信念を得ているの。変化のための議論は、それ自体が不合理的で世間知らずで、無垢か冷笑的な人々によって産み出されていると見なされる。他人の言葉に耳を貸すことは曲解を生むのに過ぎず、特権を悪用する人々には投獄が必要とさえ考えている。中絶反対の立場から堕胎クリニックに爆弾を投げ込む行為さえも辞さない宗教極右が、こうした例にあたる。ナオミ、……」

「どうしたんですか？」

「話も、そろそろ終わりよ。最近のあなたの急速な成長に一番、不安を感じているのは私なの。いいこと、あなたは何か使命を持っている。そのためには、つねに広い視野でしっかり物事を聞き、しっかり見ることが必要だわ。でも、時間がない。今日は、あなたに知られている、数少ないアポロノミカンの予言を伝えるわ」

「アポロノミカンの予言……」

「予言が詩の形式から成っていることは知っているわね。

清らかなる魂と
邪なる魂が出会う
百年に一度のブリザードの吹き荒れるクリスマスの夜
四人の魔女と神官の闘いが幕を開ける時
血しぶきの海に獅子が立ち上がり
マーメイドの命を救う……

例によって何を言っているのかは、よくわからない。

だけど、長期予報によれば今年は百年に一度のブリザードが吹き荒れるそうよ。

どうか注意して……。こんなことしか言えないけど、またあなたがトラブルに巻きこまれる予感がしているの」

ナオミは、新たなトラブルが自分を待っていることを感じた。

しかし、同時にわき上がってくる闘志を押さえることができなかった。

第6章

1 魔女軍団、ゾンビーランド襲来!

夕闇ただよう上空から四人の魔女たちは、不老不死研究を行うゾンビーランドの様子をうかがっていた。

ミシガン山中の建物は、ブラム・ストーカーの小説から抜け出したドラキュラ城のような不気味さをたたえていた。敬愛する父の「伝説」に、娘のマクミラが無意識の内にしたがっていたのかも知れない。

軍事研究を行うノーマンズランドは、ゾンビーランドに隣接している。警備員の姿はないが、見る者が見ればハイテク監視装置が完備されているとわかった。

精神世界研究をおこなうナイトメアランドは、二つの建物に隠されていたため様子が分かりにくかった。最後の建物アポロノミカンランドは、さらに奥に鎮座しており、最も厳重な管理体制下におかれていた。

「警戒厳重な建物じゃな。爆撃して様子を見てみるか?」人間界に来て肉を持ったドルガが、まだ慣れない声で言う。

「中にいる奴はよほどの冷血漢とみえる。人間とは思えないほど冷たい、だが暴力的なオーラを感じる」メギリヌが、やはり声に出して答える。

「外からの攻撃には、ドルガ様の能力がよさそうじゃ」ライムが言う。

「扉が開かれれば、私が全員を眠らせるでありんす」リギスが同意する。

ドルガが翼の羽ばたきを強めていく。そのたびに起きる竜巻も大きくなっていく。ドルガの目が輝いた瞬間、翼から自ら意志を持ったかのように荒れ狂う竜巻がゾンビーランドを襲った。

バリ、バリ、バリ…

ドリルのような音を立てて竜巻が爆発すると、正面の扉が吹っ飛んで異次元空間に飛んでいってしまう。これが冥界最強技の一つとおそれられたドルガのファイナル・フロンティアであった。

跡形もなく消え失せた扉がどこにいくかはドルガ自身にも分からない。

一つだけ分かっているのは、扉がもう二度とこの世界に戻ってくることはないということだ。

「さすがドルガ様」メギリヌが言う。「腕はちっともにぶってはおられぬ」

「いや」ドルガが答える。「まだまだ、我の本領にはほど遠い」

そのとき、ゾンビーランドからドクトール・マッドが姿を現した。

「誰じゃ、派手に花火を上げるのは？」上空の魔女たちを睥睨する。「事と次第によってはただではおかぬぞ」

「アポロノミカンを見た人間がここにもいたでありんしたか。しかも、禁断の知識をものにしているとは。お前さん、名はなんと申すでありんす？」リギスが答える。

「いったい、いつの話じゃ？　禁断の扉などとっくの昔に開かれておる。聞かれて名乗るもおこがましいが、最初に生を受けた名が魔道斉人。だが奴が引っ込んで以来、ドクトール・マッドが儂の名じゃ」

2 ミリタリー・アーテフィシャル・インテリジェンス（ＭＡＩ）

「それだけか？」

「どういう意味だ？」

「自分でも気づいておらぬのか。第三のペルソナが育っておるのに」

「ふざけるな。怖がっているのでなければ、降りてくるがよい。目にもの見せてやるわ」

魔女たちが顔を見合わせた。

まあ、いいだろうとドルガが他の魔女たちに目配せする。リギスだけは、空中浮遊しての精神攻撃が得意だけに不満そうな顔をしている。

「見せられるものなら見せてもらおう。たかが人間にどの程度のことができるか」

ドルガが言うが早いか、軽やかに四人が地上に降り立つ。

彼女たちの本性を知らなければ、天使の降臨かと勘違いしたかも知れない。それほど四人は美しかった。

ドルガは威厳あふれる顔つきをしており、その「死の羽」はふれる者すべての魂を引き込む羽ばたきを持っていた。

メギリヌの白面は気高い外面とサディストの内面を持っており、くるくる変わる性格も欠点とはなっておらず、誰でも思わず惚れ込んでしまう。

ライムは美しかった頃の叔母メデゥーサにうり二つで、変身前の蛇のようにうねる髪と透明度の高い湖のような両眼は見る者を虜にした。

リギスは芸術家だけあって鮮やかなオレンジと緑の着流しを生きに着こなしており、四人の中では一番人なつっこそうに見えた。

「降りてきた勇気はほめてやろう。見るがよい。旧式のゾンビーソルジャー軍団を越える我がミリタリー・アーティフィシャル・インテリジェンスＭＡＩ軍団を！　カンザスでは遅れを取ったが、究極の戦闘能力を見るがよい。カモン・ナウ、レイモンド、サムソン、ゴーレム！」

呼びかけに応じて、ＭＡＩ化されたゾンビー・ソルジャーたちが入り口から飛び出した。二十一世紀に入るとカリフォルニア大学バークレー校によって、コンピュータと組み合わせた下半身用パワーユニットが試作されるが、あくまでそれは重量のある荷物を運ぶことが目的である。

だが、ＭＡＩ軍団の目的は敵の殲滅であった。カンザスの闘いと異なり、あまりの素早さに肉眼では三人の動きを捉えることすらできない。

3 リギスの唄

レイモンドが猿の敏捷さで巨木の陰から飛び出すと、両肩に備え付けられたレーザーガンから白光を発射する。

ドルガの羽に黒く小さな穴がうがたれて煙を上げるが、蚊にかまれたほどの痛みも感じない。面倒くさそうに腕を振ると、小さな竜巻がレイモンドを襲う。ドルガの瞳が輝くとレーザーガンが竜巻にあっさり爆破されて、身体が次々と異次元空間に持って行かれる。

サムソンが筋肉のかたまりの身体から雄叫びを上げると、胸のフルオート・マシンガンがメギリヌに放縦を開始する。

銃弾が当たっても、メギリヌは表情一つ変えない。いつの間にか、手中に数百発の銃弾が握られている。彼女が息を吹きかけると銃弾が凍りつく。

次の瞬間、投げつけられた銃弾を受けたサムソンが凍りつき崩れ落ちる。サムソンはゾンビ能力を発揮することもなく粉々に砕け散った。

ゴーレムは最も悲惨な運命をたどった。

「皆、ちょっと目をつぶっておいて」ライムが言った瞬間、蛇姫メデゥーサに変化して一睨されると攻撃もできずに石に変えられてしまった。

リギスが唄い出す。

ラララ、それはまるで一片の冗句のように
現れて消えていったはかない夢
竜巻に消えたレイモンドの魂はどこへ行ったの
氷の弾丸に命を落としたサムソンの魂は
凍えて砕けちる運命だったのか
ゴーレムの魂は何が起こったかさえ知らず
ただ話すこともできずたたずむのみ
だけど一番愚かなのはマッドとかいう奴
美しくもなく、強くもなく、悲しくさえない
ただこっけいなだけの戦士を作ることに血道を上げる
ラララ、それはまるで一片の冗句のように
目の前に現れては消えていったはかない企て
だから一番みじめなのはマッドとかいう男
楽しくもなく、賢くもなく、考える価値さえない

自慢の兵士たちが玉砕して、マッドはなんたることじゃとつぶやいている。死角にいたためにライムの凶眼を見ずにすんだ自らの幸運には気づいていない。

「それはこっちのセリフ。これではマクミラと闘いをかまえる前の腕ならしどころか準備運動にもなりはしない」ドルガが言う。

「さっさとこんなところはおさらばしよう。マッドとやら、アポロノミカンをおとなしく差し出すなら命だけは助けてやろう」メギリヌが応じる。

セリフを聞いたマッドが苦しみだす。

「マクミラ！　アポロノミカン？　ウッ、頭が痛い……」

マッドの顔がゆがんだ瞬間、ニヤリと笑うとぴょんと逆立ちをした。

4 トリックスターのさかさまジョージ

マッドがメイクアップでもしたようなピエロ顔でニヤニヤ笑いを浮かべる。髪がザンバラになって下に垂れている。

「やっと表に出てきたでありんすか。でも、おかしなオーラでありんす。子供のように純粋かと思えば、感受性の強い青年のようにひねくれ、老成しているかと思えば、特攻兵のように自暴自棄。サーカス団で育てられた悪魔の子、遊園地に住みついた魔法使い、人にまざってレスリングに興じるゴブリンとでも言うでありんすか？　いったい、お前さんは何でありんす？」リギスが言う。

質問に答えて、子供の声で話が始まった。

「ボク、トリックスターのさかさまジョージ。でもおねえちゃんたち、なんでさかさまなの？　えっ、ボクの方が逆だって！　自分がまともだなんて誰に言われたの？　まともじゃない人から見たら、まともな方が変で変がまともだよ。おねえちゃんたちこそ名前は？　ちょっと待って。わかった！　悪魔姫ドルガ、氷天使メギリヌ、蛇姫ライム、唄姫リギスだ。小耳にはさんだことがある。冥界最凶の囚人四人組だろ？　ボク昔は神界と人間界をいったりきたりできる一人だったのさ。この世界ではミリタリーおたくって奴。マッドは気づいてなかったけど、改造兵士を作るにはずいぶん知恵をさずけてやったんだよ。なんでボクがいきなり表に出てきたかって？　謎かけに答えられたらおしえてあげる。いい？　イヤでイヤでしかたがないのに一生つきあわなくちゃいけない相手はだ〜れだ？　クックック、さすがだね。答えは自分だよ〜ん。ボクが出てきた理由は、魔道とマッドがマクミラおねえちゃんを好きになっちゃったからさ。それなのに、魔道ははずかしがりやの口べた、マッドは惚れてるくせにおねえちゃんがいやがることばっかり。問題は、おねえちゃんが堕天使のダニエルに首ったけってことさ。おねえちゃんに嫌われ自慢の改造戦士は全滅しちゃったんで、マッドの奴が小さくなっちゃったんので、ボクが出てこれたってわけ。えっ、ボク？　もちろんボクも、マクミラおねえちゃんが好きさ。でも自分のものにならないなら、こわしちゃうしかないじゃん。おねえちゃんたちはマクミラおねえちゃんに恨みがあるんだろ。共闘と行こうじゃないか。ボクの恨み？　そんなのないにきまってるんじゃん！　ボクにあるのは愛だけさ、愛、愛。愛してるのになぜ復讐するのかって？　じゃあ、次の謎かけだよ。世の中で一番やさしいことは、な～んだ？　今度はわかんないの。答えはころしてあげること。だって、死ねばもうくるしまなくていいもの。じゃあ、この世の中で一番つらいことはな～んだ？　答えは、ハートを盗まれながら相手の目に自分が映ってないってことさ。そっぽを向かれるなんてかっこうわるいけど、ころしてだれのものではなくなれば、ころされた相手もころした自分も一生おぼえているじゃない。アポロノミカン？　ここにはないよ。アポロノミカンの奴、マクミラおねえちゃんを新しい持ち主に選んだんだ。だから、ニューヨークに行かなけりゃ、あの本は手に入らない。でも、おねえちゃんたちきれいだね。宝石箱の中の石ころよりもずっと輝いてる。いい手があるよ。マクミラおねえちゃんの茶坊主ジェフは、ヌーヴェルヴァーグ財団主催のクリスマス・ミュージカルを企画してるんだ。おねえちゃんたちをキャストとして入り込ませようよ。マクミラおねえちゃんも必ず顔出しするはずだ。そこで血の雨を降らせよう。

予言はおねえちゃんたちのことだったんだね。

清らかなる魂と
邪なる魂が出会う
百年に一度のブリザードの吹き荒れるクリスマスの夜

四人の魔女と神官の闘いが幕を開ける時
血しぶきの海に獅子が立ち上がり
マーメイドの命を救う……

ウフフ、手始めにメギリヌおねえちゃんに、この冬を今世紀最悪のブリザードにしてもらおうか。予言なんて当たるかはずれるかじゃない。予言されたこと通りに行動することこそ神の御意志にかなうってもんじゃない。それとも悪魔の計画通りかな。でも、血しぶきの海に立ち上がった獅子とマーメイドにやっつけられないようにせいぜい注意してね」

5 マクミラ不眠不休で学習する

一九九三年八月末、マクミラはヌーヴェルヴァーグ・タワー内の書斎で忙しい毎日を過ごした。昼は明かりの届かぬ図書室で人間心理や行動の本を読みあさった。

ただし、多くの心理学研究はデータの実証可能性ばかりを重視しすぎていて、現実にどのように人間が行動するかを理解する手助けにはあまりならなかった。どこかで聞いた「直接的に役に立たなければ立たないほど学問的」という皮肉なセリフを思い出した。

夜は堕天使ダニエルと四人の魔女たちにどう対すべきか考えていた。災厄を抱え込んだと思う反面、勝ちの見えたゲームに興味を失いつつあったので、ウキウキする部分もあった。圧倒的精神力と魔力を持った冥界時代ならともかく、今まともにあたっては勝ち目がないことははっきりしていた。

ジェフがおずおずと話しかけた。

「マクミラ様、たまには昼はお休みを取らないと身体に毒でございます」

「一月やそこらは、わたしが眠らなくても平気なのは知っているでしょう?」

「それはそうでございますが……」

「時間はいくらあっても足りないの。あまのじゃくな人間たちの行動原理がわからない内はゲームにも身が入らないというもの」

「それでございます。人間を知るのにとっておきのテーマがございます」

「たいがいの本はもう読んでしまったわ。手つかずのテーマがあったかしら」

「パフォーマンス研究でございます」

「あの唄ったり踊ったりするやつ? それでパフォーマンス研究とはどんな学問なの?」

「ニューヨーク大学が演劇研究科を改組して世界初のパフォーマンス大学院を作ったのが一九八〇年、ノースウエスタン大学がオーラルインタープリテーション学部を改組して二番目の専攻を作ったのが八四年と、まだ新しい学問分野です。一般にパフォーマンスとは、舞台芸術などの身体的な訓練や熟練した技術を伴う行為です。繰り返されることで社会的に認知された行動様式や、文学作品の朗読などの言語活動を指すこともあります。遊び、ゲーム、スポーツ、大衆芸能、宗教的・世俗的儀式、裁判や公の儀式などに対する興味と、美学的ジャンルとしての演劇、舞踏、音楽、日常生活におけるパフォーマンスへの関心が強まって誕生しました。たとえば、ニューヨーク大学のリチャード・シェクナーは六〇年代の実験演劇に関わった人々の疑問を出発点としています。つまり、西洋的な近代においてアフター・ディナーとしてのエンターテイメントとして制度化され、観劇行為が本質的には何の変化ももたらさなくたった演劇に対する疑問です。観客や演技者の存在に直接働きかける演劇の希求は、祭祀や非西洋演劇への関心を生んでいきました。こうした関心を演劇の実践に移し、演劇と人類学の理論を踏まえて体系化しようとしています」

「回りくどいわね。わたしが知りたい人間心理や行動原理とは、どうつながっているの？」

6 ジェフの語るパフォーマンス研究

「話をわかりやすくします。演劇の実践者が虚構世界のスクリプトを演じるのに対して、パフォーマーは現実世界における差別、偏見、権威などに対する社会批評を試みます。多くの文化による出会い、衝突、摩擦が多くの問題と新しい創造の可能性を提起する今日、人文、社会諸科学にまたがる幅広いスペクトルにおけるパフォーマンス研究は、教育、娯楽、儀礼、癒しの理論化などの分野で大きな役割を担っていると言われています。パフォーマーは、一人芝居、紙芝居、映像作品、掛け合い漫才、即興演奏、バックグラウンド・ミュージック、ボディ・ペインティング、人形劇、スキット、寸劇、ロール・プレイング等、ありとあらゆる手段を駆使して、長期間のリサーチやフィールドワークを元にパフォーマンスを行います。たとえば、ボディ・ペインティングの世界では、デミ・ムーアの表紙で有名な写真集を出したジョアン・ゲイアーが知られています」

「パフォーマンスが何かは、わかったわ。パフォーマンスを学ぶ意義とは?」

「私の個人的な理由、それともアカデミックな理由ですか?」

「両方、聞きたいものね」

「個人的には、生き馬の目を抜くような業界で社会の外面ばかりを見ていると疲れます。自分の内面を知るために、パフォーマンスへの興味が高まってきました。ダンスでもミュージカルでも夜の上映が多いので、私が鑑賞するには好都合なのです」ヴァンパイアですから、と言いかけてジェフはやめた。「アカデミックには、カルチュラル・パフォーマンスについて考える必要性が高まっているためです。国民文化や国民の伝統という連続性に基づく概念では無視されてきたものを問題とするポストモダン的な考えです。モダニズムは、現代社会では基準の分裂している真善美という哲学の三大領域において、統一的基準をあまねく当てはめようとするノスタルジックな運動でございます」

「たしかに人間はヒエラルキーをつけることが好きね。大学、職業、生まれ育ち、人種、性別、どうでもよいことに、よくまあ、あそこまで一生懸命になれること」

「おそれながらヒエラルキーの語源は、天使の階層でございますが……」

「天界は、魔界との闘いを冥界にまかすようになってから堕落した時期があるから。それが『明けの明星』と呼ばれたルシファーの反乱につながった。その後、アポロニア様の息子たちが三軍の長を務めるようになって、抜本的な天界親衛隊の改変が行われた。ごめんなさい。今は関係のない話だったわね」

「こちらこそ脱線に導いてしまって失礼いたしました。話を戻します。統一的な基準を通じた大きな物語をあまねくゆきわたらせることで、啓蒙を達成して社会の解放を目指すモダニズムに対し、ポストモダニズムは価値観の多様化を祝すことですべてを相対化しようとします。逆に言えば、モダニズムは主流派への抵抗を目指す小さい物語を抑圧する危険をはらんでいるわけです。たとえば、モダニズム的には入学難易度が高ければ高いほど一流校ですが、ポストモダニズム的には、入学者の満足度、卒業生の活躍度、有名スポーツ選手の輩出度など、一流であることの基準が多様化します。あるいは、均整のとれた肉体や見目の麗しさという美男美女の基準に対して、太っていればいるほど魅力的という『デブ専』や老けていればいるほど魅力的という『老け専』という別の価値観を提示します」

7 支配する側とされる側

「わたしには、絶対的価値観の否定の方が正しいような気がするけどね」

「そこがむずかしいところでして。たとえば、ナチスによるホロコーストを野蛮な行為と考えれば啓蒙による社会の解放が妥当な選択肢に見えますし、フランクフルト学派が言うようにナチスの暴挙を理性が道具化された状況と考えればモダニズムは妥当性を失います。しかし、支配的な価値観があるからこそ、対抗的な価値観が光り輝くという点は否定できません。フランシス・リオタールは、ポスト・モダニティーつまりポストモダン時代ではなく、ポストモダン・コンディションつまりポストモダンの条件という言葉を使っています」

「ポストモダニズムがモダニズムを崩壊させてしまうのではなく、あくまで支配的な状況に対するアンチテーゼなのかしら？」

「その点は、どのような思想家の立場を取るかによって、多少、異なります」

「大分クリアーになったけど、それがパフォーマンス研究にどうつながるの？」

「カルチュラル・パフォーマンスを、文化人類学者ヴィクター・ターナーは、文化を創造し、社会的に行動し、自分自身を作り、変化させていく人間、ホモ・パフォーマンスの活動と定義します。パフォーマンスする人間は、参加する儀式や社会劇、日常生活における即興的で創造的なパフォーマンスを通じて定義されます。重要な点は、知の体系としてのパフォーマンスという認識です。パフォーマンスは、経験を知る手段であると同時に、個人、社会、文化的アイデンティティを規定する手段なのです。これまで絶対的だったり、固定化されていると思われた男と女、文明と自然、西洋と東洋といった一方を特権化し他方を劣等なものと見なす二項対立構造を変化させる可能性が開かれたわけです。権力やメインストリームによって構築された社会的現実を、脱構築（デコンストラクション）して、さらに再構築する潜在的パワーをパフォーマンスは秘めています」

「なかなかおもしろいわ。それほど魅力的なパフォーマンスが、なぜいままで研究されてこなかったの？」

「人間は、基本的に支配する側にしか興味がありません。支配される側に回りたいと思うものなどないのです。たとえば、第二次世界大戦後に脚光を浴びたフランクフルト学派を中心とした批判理論は、現存する社会が理論を規定するだけでなく、理論が社会を規定するという相互的関係があると喝破しました。事実と理論の両方が、現在進行形のダイナミックな歴史的過程の一部なのです。そのために、フランクフルト学派創始者の一人ホルクハイマーは、批判理論は批判的であるべきだと主張しています。批判理論の提唱者たちは、理論は単に正しい理解をもたらすだけではなく、現代の社会・政治的状況よりも、いっそう人間の繁栄に通じるような状況の創造をめざさなければならないと考えたのです。ところが批判理論でさえ暗黙の内に、支配階級や権力を持ったエリートといった行為者がイデオロギーを生み出すと考えています。階級、利害、支配という概念と結びついた批判理論は、統治行為やコントロールなどの特定の活動を中心に置くために、パフォーマンス研究では重要なテーマになる希望、遊び、気遣い、癒しなどの行為を分析対象から排除してしまいました。統治行為が、主体が権利を乱用し操作する法的フォーラムをモデルとするのに対して、その他の行為では、階級に基づく行為に同意する標的としての主体を構成しないのです」

「パフォーマンス研究は、支配構造に迎合して権力を握る側ではなく、支配に抵抗する側、権力を持たない側に注目するのね。当然、最初から階級に基づく行為に同意するような標的としての主体も考えていない」

「その通りでございます」

「具体例を挙げてくれる?」

8 プルートゥ、再降臨

「マクミラ様が先日お知り合いになられたストリート・ギャングたちが、一例でございましょう。彼らのほとんどは、まだ右も左もわからぬ若者ばかりです。普通に考えれば、若いにもかかわらず組織犯罪に関わり銃やナイフを携帯して命を危険にさらすバカ者共です。ところがカルチュラル・パフォーマンス的に考えれば、若いがゆえに自らを危険にさらし対立する組織と闘うことで自らのアイデンティティを確立しようとしていると考えられます。同時に、ああした組織に所属することは、シャバにいようと監獄にいようと同胞同士による自衛手段であり、大半は若い身空で命のほむらを散らすかもしれません。運良く生き残って守るものができれば、カタギになってストリート・ギャングを引退するでしょう。それが、生涯を通じてギャングとして生きる職業的犯罪者集団であるマフィアとの大きな違いでございます」

「わたしが神々のゲームに参加するのもカルチュラル・パフォーマンス？」

「イエスともノーとも言えます。反復によって規範を確立するのもパフォーマンスなら、規範を侵犯するものもまたパフォーマンス。しかしながら、究極の権威である最高神に押しつけられた規範の中でマクミラ様がゲームのコマとして動いている間は……」

「カルチュラル・パフォーマンスとは言いかねるか。フフフ、お前にしてはめずらしく耳に痛いことを言ってくれる」

「実はお願いがございます」

「お前が願い事とはめずらしいわね。何かしら？」

「今年は亡き父の生誕百周年でございます。つきましては、父の趣味だった仮面収集を記念したパフォーマンス・フェスティバルをクリスマスに開催したいのですが」

「パラケルススが生誕百年というの？」

「それを言われると、返答に困りますが……時空間を超えた旅を重ねた父の実年齢は、本人にもとうにわからなくなっておりました。ですが、この時代におけるジェフエリー・ヌーヴェルヴァーグ・シニアの公称年齢が百才ということで」

「冗談よ。わたしにとってもおじい様じゃない。莫大な財産には感謝しているし、それを拡大させたあなたにも。いいんじゃない」

「ありがとうございます。ニューヨークは、パフォーマンスの本場。すばらしいイベントになると思います。マクミラ様、蛇足かも知れませんが戦士にも休息は必要です。父の、あなた様にとっては祖父ですが、生誕百周年イベントをお楽しみください。このイベントではマクミラ様はマーメイドとやり合うわけではありません。四つのテーマパークを通じて、人類をほろぼす側への協力体制は着々と整いつつあります。マスターマインドとしてのマクミラ様は、さまざまな機会をとらえて人間を知ることが肝要かと。その点、パフォーマンス研究は支配に対する抵抗を知るには絶好の機会かと」

「まあ、口のうまいこと」皮肉な笑いを浮かべた瞬間、波動を感じたマクミラは総毛だった。

「まさか、みんなが!?　ジェフ、クリストフ、すぐ屋上に」

三人は屋上へ直行する高速エレベータに飛び乗った。

9 アストロラーベ、スカルラーベ、ミスティラ

エレベータを飛び出したジェフはかつて見た悪夢を思い出した。

目の前で時空間がゆがみ裂け始めていた。

星空が消え去って景色が真っ暗になる。

バキバキと焚き火に爆竹を投げ込んだような音を立てて裂け目が渦巻き、冷たい炎が吹き出す。子供の絵本にあるファイヤー・ドラゴンが夜空に浮かび上がった。口から紫の煙をあげるドラゴンの背に乗るのはおそろしく不機嫌な顔をした紅色に燃えたつ髪をした男。

（マクミラよ、人間時間ではかなりの時間がたったが元気そうじゃな）

三人の頭に思念がガンガンこだました。

「おひさしゅうございます、プルートゥ様。こちらでは思念が使えませぬ。言葉……人間の伝達手段で失礼いたします」

ダニエルが訊ねる。「誰だ、こいつ？」

（我は冥主じゃ。ペルセリアス、お主、記憶を失っておるのか？）

（ペルセリアス、それが俺の名前なのか？）

（そうじゃ。だが、今は時間がない。ゲームのルールが変わるのじゃ！　くわしいことは直接聞くが

よい。三人よ、降臨せよ！）

次の瞬間、インフェルノがファイアー・ドラゴンの口からタワー最上階の中央にはき出された。炎の中からマントを羽織った三人の姿が浮かび上がった。

（マクミラよ、新しいゲームの期限は降誕祭までとする。助っ人たちとせいぜいゲームに勝てるようがんばるのじゃぞ）

現れたときと同じ音を立ててドラゴンと共にプルートゥが時空間の裂け目に吸い込まれていく。しばしの静寂の後、彼らのオーラを感じてマクミラがニヤリとする。彼女のハスキー・ボイスが闇夜に響いた。

「お兄様たち、ミスティラ、おひさしぶり」

肩幅が広く筋肉質のアストロラーベがセクシーな声で答える。「マクミラよ、ひさかたぶりだな。元気でいたか？」

「初めてお兄様の声を聞きました。わたしは元気でございます」

筋肉のかたまりで二メートル近くはあろうかという大男のスカルラーベがいかにも無骨な声で言う。

「マクミラよ、俺が来たからには何も心配するな」

「お姉様、今回は……」ミスティラが申し訳なさそうに言う。

「みなまで言うな。冥界の牢獄を抜け出した魔物たちから話はすでに聞き出してある。わたしの人間界での父ジェフと……」マクミラはなんと紹介するか、ちょっと考えてから言った。「堕天使のダニエル」

「アストロラーベと申す。ヌーヴェルヴァーグ殿には、マクミラがお世話に。ダニエル殿は、血の儀式を受けておられるようですな」アストロラーベが長男らしく挨拶する。

「ジェフとお呼びください。アストロラーベ様とお会いできて光栄です」

「昔、どこかで会ってないか？」ダニエルが尋ねる。

10 さかさまジョージからのファックス

「たしかにお主がペルセリアスの時代に第一次神界大戦で闘ったことがある。あのときは敵味方だったが今度は共に闘うことになるであろう」アストロラーベが言葉を返す。

「スカルラーべだ。俺様が来たからには、勝負はすでに決まったようなもんだ。暴れさせてもらうぜ。腕がなるぜ。それにマクミラの育ての親ジェフと恋人のダニエルにも会えてうれしいぜ」

「恋人だなんて……」マクミラがあわてて否定する。

「違うのか？」

「ダニエルは貴重な戦力よ」それだけ言うとマクミラは黙ってしまう。

「あの～、話し合わなくてはいけないことがあると思うのですが」いままで黙っていたミスティラが言いにくそうに話に加わる。

「おお、そうでした。ミスティラ様、初めてお目にかかります。マクミラ様の妹君だけあってさすがお美しい」ジェフが言う。

「それよりも問題は狩られる側じゃなく、どうやって狩る側に回るかだろう」ダニエルが言う。「何も相手のことがわかってないんじゃ不利すぎる」

「その件ですが」ジェフがおずおずと言う。「さきほど言いかけた気になる点ですが、マッドからおかしなファックスが入っております」

「マッドから？」

ジェフが、ふところからファックスを取り出した。

清らかなる魂と
邪なる魂が出会う
百年に一度のブリザードの吹き荒れるクリスマスの夜
四人の魔女と神官の闘いが幕を開ける時
血しぶきの海に獅子が立ち上がり
マーメイドの命を救う……

「アポロノミカン・ランドで解読させていた文書の一部です。アポロノミカンの予言がはずれることはありませんので魔女たちはクリスマスのイベントに関わってくるものと思われます」

「マーメイドのナオミも関わってくるのね。だけど、おかしなファックスっていう理由は？」

「ファックスの最後に、子供の落書きのような字で判読しにくいのですが『ダブルクロス*のさかさまジョージより』とサインが入っていたのです」

＊ダブルクロスは、double cloth なら「二重織り」で、double-cross なら「(祖国を裏切る）二重スパイ」の意味。

第7章

1 イヤー・オブ・ブリザード

一九九三年。「今世紀史上最悪」と言われた雪嵐がアメリカ全土を襲っていた。

十二月初頭から、北東部、中西部、北西部では猛吹雪が吹き荒れて、華氏零度（摂氏マイナス十七・七八度）に達する日さえもめずらしくなかった。ニューヨーク、シカゴ、シアトルといった大都市では交通機関がマヒしたり、大雪によるスリップ事故や車が立ち往生したりする事態が多発した。悲惨だったのはホームレスで住む家も生活の糧のない彼らの凍死者が続出した。

どれくらいブリザードがひどかったかと言うと、火事で出動した消防士の帽子や服の裾に鎮火中にツララができた記事がタイム誌に載ったほどであった。さらに、〝ウィンディ・シティ〟（風の街）と異名を取るシカゴに住む人々は、ウィンド・チル・ファクター（風の冷却効果）に苦しめられた。これは、風速一メートルごとに体感温度が一度ずつ下がるという現象で、風速十メートルの日であれば実際の気温よりも十度体感温度が下がるのである。そんな日は外を歩いていても、風が冷たすぎて涙が止まらないほどであった。当局は雪の日には病人、老人や子供は外出しないようにと通達をした。

タクシーは雪かきが間に合わない道路の状態にうんざりして早仕舞いをする運転手が続出した。イタリア系の運転手は、こんな日に運転をするなんて正気の沙汰じゃないとヒステリックに叫んだ。ロシア系の運転手は、母国でも見たことのない大雪に立ち往生することになった。さらに風速二十メートルを超えるような暴風豪雪の日には、雪の重みで企業の屋根が崩壊したり、道路上で立ち往生したりする車が続出した。特に、アイスバーンになった高速道路では事故が多発した。氷結路の運転になれない日本からの留学生は、ブレーキをかけると車両がアイススケート状態になってコントロールがきかなくなることを知らず信号手前でパニックに陥った。さらに間が悪いことには、スリップした車が止まっていた女性警官の車に激突して大目玉をくらった。乗っていた小さい男の子が後ろからぶつけられて火がついたように泣き出して留学生は自分も泣き出したい気分だった。こんな日には徐行する以外には手はなく、もっとよい手は運転せずに家にこもっていることだった。

大寒波が氷天使メギリヌの魔力によって引き起こされていることを誰も知らなかった。マクミラは、メギリヌだけは氷結地獄コキュートスではなく、火の川ピュリプレゲドンに牢獄を作って閉じ込めておくべきだったのである。ドルガ、ライム、リギスの三人は、コキュートスの牢獄で怒りの炎をたぎらせる度にエネルギーを奪われてだんだん弱っていった。しかし、メギリヌだけはねむったようになって冷気エネルギーを体内にため込んでいたのだった。北米大陸はるか上空、メギリヌの唇から白く不気味な息が吹き出ていた。あたかもその姿は、相手を息で凍え死にさせる日本の怪談に出てくる雪女郎のようであった。成層圏に居座る寒波は呼吸をしておりふくらんだり縮んだりすることが知られているが、その原因が氷天使たちの文字通りの呼吸であることはまだ人間界では知られていなかった。

「人間共よ。すべてを凍りつくす猛吹雪に苦しむがよい」自らの力に酔ったメギリヌが天空からつぶやく。「百年に一度のブリザードの準備はととのったぞよ。あとは我らが敵マクミラの命を奪うのみ」

2 三年目のシーズン

一九九三年秋から冬にかけて、ナオミは充実したディベート・シーズンを過ごしていた。七月に発表された今シーズンの政策ディベート論題は、「アメリカはNATO加盟国に対する軍事的コミットメントのひとつを破棄すべし」であった。ナオミとパートナーのケイティにとって脂の乗りきった三年生のシーズンは、ここまで最高の結果を納めていた。幕開けとなった九月の北アイオワ大学主催大会で準優勝すると、十一月のノースウエスタン大学主催オーエン・クーン記念大会で三位。クリスマス直前に開かれた南カリフォルニア大学主催大会では初優勝と、参加した大会すべてで三位以内という見事な成績であった。

今回の論題もさまざまなケースを含んでおり破棄される軍事的コミットメントの定義には、米陸海空軍のすべての現存するプログラムをリサーチする必要があった。さらに現存するプログラムの破棄だけでなく、これまで存在しなかったプログラムの採択も「軍事的コミットメントのひとつの破棄」であるために、リサーチの範囲は加速度的に広がっていった。この年、ナオミたちは「アメリカ軍は男性兵士だけにしか戦闘行為を認めていないが、これは性差別である。能力ベースで女性兵士にも戦闘行為への参加を認めるべきである」というケースを論じて連戦連勝だった。

　モデル並の容姿のケイティとキリッとした顔立ちのナオミが早口で議論を展開すると、昨年よりさらに凄みを増した「カンザスの竜巻娘たち」は他大学にため息をつかせた。ため息をつく相手の多くは彼女たちの美貌の虜になった男子学生だった。肯定側に立ったときには二つの利益が提示された。第一の「開かれた米軍」では、米軍全体の十四％を占める女性は、白人男性と比べて指導的地位への登用が遅れており女性の戦闘部隊の配属禁止こそ大きな障壁の一つであるという議論が展開された。

　第二の利益「ガラスの天井」は、フェミニストがよく指摘する女性が男性並みに出世しようとすると、彼女たちを押さえつける目に見えない障壁が存在するという比喩である。プランは、性別ではなく能力別の戦闘参加によって、男女差別の象徴的かつ劇的な改善につながるという議論であった。男女には体力的な差があるという一般論は、第二の利益によって簡単に反論できた。

　だが、女性の戦闘参加は部隊の指揮や結束を損なうという否定側の議論はやっかいだった。たとえば、世界でもめずらしい女性の徴兵制のあるイスラエルでは、男性兵士が戦場で女性兵士をかばうことで現場の指揮系統の混乱をしばしば招いた。しかし、小さい頃から軍の戦闘に関する話をケネスから聞いていたナオミは、実際に戦闘に参加しなくても女性は通信兵や衛生兵として参加した戦闘でかなりの数の死傷者が出ており、戦闘以外で多くの女性兵死者を出している現状と、プラン採択後の変化を説明することで、肯定側で二人は連戦連勝だった。カリフォルニア大学バークレー校レトリック学部の看板教授でフェミニスト学者ジュディス・バトラーを引用して、社会的性差だけでなく、身体的性差さえもジェンダーをパフォーマンスによって構築されたものであると論じた。彼女たちは、男女が性差を基準としてではなく、能力を基準とすることで同様の戦闘行為に従事するパフォーマンスが社会を大きく変化させると主張したのである。

しかし、彼女たちも否定側に立てば負けることもあった。大会で優勝するコツは、予選ラウンドの肯定側で百%の勝率を上げることだった。一見きびしい条件に思えるが相手側の反論をある程度、予想できる肯定側では予選ラウンドでの負けは許されなかった。逆に、否定側では五十%の勝率でよいとコーチから教わった。どこの大学も、肯定側では反論の反論まで、あるいはその先まで用意しているために実力伯仲したチーム同士ではなかなか全勝というわけにはいかなかった。だが予選ラウンドで肯定側では百%、否定側では五十%の勝率を上げておけば、トータルで七十五%の勝率になるために決勝ラウンドに進めるのである。

3 決勝ラウンド

金土曜日の予選ラウンドをとりあえず通っておけば、日曜日の決勝ラウンドに向けて残りそうな大学の肯定側のケースを分析することもできた。また、米国のディベート大会では予選ラウンドですでに対戦したチームと再び決勝ラウンドで対戦した場合、異なったサイドでたたかうルールになっている。そのために、予選において否定側で負けたチームと再びまみえることがあっても肯定側で挑むことができた。

他大学のケースで要注意は、「アメリカ軍は、公式に同性愛者の採用を宣言すべきである。軍が同性愛者に対する偏見がないことを宣言することで、国内の同性愛者差別は劇的に改善される」、「二種類の化学物質が発射後に混ざって相手を殲滅するバイナリー兵器は、使用するには問題がありすぎるため禁止すべきである」、あるいは「抑止力の意味しかない核爆弾の先制攻撃の禁止を明文化して、局地戦限定での戦場核爆弾の使用は、合法化されるべきである」などであり、専門家顔負けの分析が次々と登場した。

否定側の戦略としては、現状の軍事コミットメントの破棄は安定した軍事バランスを崩して軍拡競争につながったり、極端な場合は「仮想敵国」の先制攻撃を招いたりするという議論が提示された。肯定側の返答としては、現状のプログラムこそ将来的な軍事バランスをおかしくして「仮想敵国」の先制攻撃を招くという分析が提示された。また、現状でも同様な「軍事コミットメントの破棄」が近い将来に行われる予定であり自分たちのプランはそれを前倒しするだけであると論じて、不利益がもしも起こるのなら現状でも結局は起こると論じる肯定側も多かった。おもしろいプランとしては、軍における同性愛者問題に関する「何も尋ねるな。何も答えるな。（Don't ask. Don't tell）」というビル・クリントン大統領の発言を「正式な方針」として軍が採択するというケースを提示した大学もあった。もしもこのプランが不利益を招くのならば、すでに起こっているはずだと議論をする目的だったが、非公式な軍の最高権力者の発言と正式な軍のドクトリンには比較にならないほど大きな差があるという反論にさらされた。

昨年度二年生チームとして全米ディベート選手権のベスト八まで進出したナオミとケイティの聖ローレンス大学は、今年の台風の目となっていた。九月頭以降ほとんど休みなしにディベート活動と学業に専念してきたナオミが待ちに待ったニューヨークで過ごすクリスマス休暇がついにやってきた。ナオミはミュージカルで有名なブロードウェーから徒歩数分の立地のエジソン・ホテルで、ケネスと彼の母マリアと待ち合わせをした。しかし、せっかくのナオミの家族との再会はアメリカ全土がブリザードにみまわれていた時期だった。

4 再会

クリスマスを翌週にひかえた、十二月十七日の金曜日の午後七時。

ナオミは、猛吹雪の合間をぬってようやく到着した人々でごった返すエジソン・ホテルのロビーで、父ケネスと祖母マリアの到着を待っていた。

自動ドアが開いて、筋肉質のケネスと小柄なマリアが入ってきた。

「ケネス!」ナオミは、はずむゴムまりのように抱きついた。

「ナオミ、元気だったかい?」

「うん、元気だよ」

マリアが声をかける。

「さあ、おばあちゃんにもハグさせておくれ」

「もちろん。会えてうれしいわ」

「いったい何年振りかね。あたしゃ、もうおなかペコペコだよ。チェックインをさっさとすませて中華料理店に行こうじゃないか。近くのレストランを予約してあるんだ」


マリアが予約してくれたシー・ドラゴンは、ビルの地下一階にあるしゃれたチャイニーズ・レストランだった。ケネスからの仕送りがあったとはいえシングルマザーの生活は楽ではなかったはずだが、マリアにはさまざまな人脈があった。

自身のつらい経歴にかかわらず、長い間児童虐待を受けた子供たちのボランティア・カウンセラーを続けていた彼女には、大人になってからも感謝を忘れない多くの「ファン」がいた。結婚相手には恵まれなかったマリアだが、実の子ケネスだけでなく心の子供たちにも恵まれたのだった。大学へ進んで大企業に勤めるようになった者、法科大学院に進んで弁護士になった者、高校を卒業して警察官や消防士になったもの、さまざまな業界にマリアのためなら一肌も二肌も脱ごうという連中がわんさといた。

そんな一人に、ブロードウェイの大立て者となったドワイト・〝パライソ〟・コパトーンがいた。将来、ロンドンが産んだ天才演出家アンドリュー・ロイド＝ウェバーに並ぶ演出家になるのではと噂されるミュージカル界のヒットメーカーであった。当時のブロードウェイでは、「ミュージカル好きには二種類しかいない。ウェバーが好きな奴と、コパトーンが好きな奴だ」というジョークがしばしばささやかれたくらいであった。

母親にアザだらけなるほどの折檻を受けて、施設に入っても引きこもり同然になっていた時に悩みを聞いて自信をつけさせてくれたマリアに、ドワイトは実の親以上の愛情を持っていた。彼は、毎年クリスマスにはオルバニーに住むマリアにマンハッタンまでの交通手段とブロードウェイ・ミュージカルの最高の席を手配してやるのが常だった。普段は質素な生活をしているが、クリスマスだけはニューヨーク市内でゆっくり数日を過ごすのがマリアの唯一のぜいたくとなっていた。

5　もうひとつの再会

レストランの席に着くと、マリアが口を開いた。

「乾杯前に、言いにくいことを言っておかなくちゃねえ。去年ニューヨークでケネスもよく知ってるドワイトの新作を見せてもらったのさ。そのときキャストの中になんとなく見たことがある子がいたんだよ。向こうも、あたしに気づいたようだった。目が一瞬合った。この年まで生きていると誰かとどっかであった気がするなんてしょっちゅうだけど、誰だか思い出せないことがほとんどだから、すぐにあたしは忘れてた。だけどショーが終わってホテルに帰ろうとしたとき、あたしの席に係員があわてて飛んで来た。ちょっとお待ちください、ドワイトがあなたに紹介したい人がいるんですってわけさ。ドワイトもお偉いさんになっちまったからブロードウェイに行ってもこの頃はなかなか会えないんだ。楽屋でドワイトの隣にいたのは、さっき見たことがあるって思ったパフォーマーじゃないか。近くで見たら見間違うわけないさ。夏海だったんだよ。ケネス、いい年をした男がそんな鳩が豆鉄砲食ったような顔をするもんじゃないよ。夏海は何年か前にドワイトと結婚していたのさ。まったく世界は狭いって言うけれど、お前と別れたあの子がよりによってドワイトと結婚してたなんてね。驚いたけど、まあ、めでたいことだと思ったよ。でも、どうしてもお前たちに、そのとき、夏海から聞いた話をしなきゃならない。その前に、今日はここに彼女を呼んでるんだ。後ろを見てごらん」

ナオミは、息が止まるかと思うほど驚いた。

そこにいたのは、依然より洗練してさらに美しくなった夏海だった。意志の強そうな瞳と日本人にしては大柄な肢体、海で取れたての海草のように見事な黒髪は変わっていなかったが、にじみでるスターのオーラは彼女が別れてからの日々が充実していたことを物語っていた。

九才の時に別れて以来、丸十年間も会っていなかった母であり姉のような存在についに再会したのだから、なつかしくてうれしくて、本当にあいたかったよ、元気だったのと言いたいはずだった。

それなのに口をついて出たのは、逆のことだった。

6 夏海と魔神スネール

「なぜ私たちを置き去りにしたの？」

その言葉を聞いたとたん、夏海は涙がとまらなくなってしまった。

ケネスもなんと声をかけていいかわからなかった。

今日の仕掛け人マリアが、しかたがないねえという風に語り出した。

「最初、夏海はあたしにだけ本当のことを言うつもりだった。ずっと誰にも話せなくて苦しんでいた話をね。だけど、あたしは訊いたんだよ。嘘を一生つきとおす覚悟はおありかい？　それはあんた自身だけの問題じゃない。つかれた方にも、とてもつらいことなんだとね。あたしの長い人生からひとつ確実に言えることがある。本当のことはね、どれだけつらくても真実以上に人を傷つけることはない。だけど嘘はね、たとえ相手を思いやってついた嘘でも、相手を疑心暗鬼にさせる。さらに悪いことに、ばれちまったとき、嘘をつかれたと知られたと知ることで相手を真実以上に傷つける。だから、たとえつらくても、たとえ相手に嫌われてもことわざにあるだろう。『正直が最善の策』だと。さて、どこから話したもんかね。できるだけ順を追って話をするとしようかね。夏海の実家が湘南の人魚を奉った比丘神社だったのは覚えているだろう。夏海が、まだナオミが夏海と別れた時分のちびっこだった頃のことさ。ああ、ごめんよ。こんなしゃれにならない言い方をするなんて、あたしもどうかしてるね。相手がどう考えるかを気にせずに、思いついたことを言っちまうのは、あたしの悪い癖だ。とにかく、夏海がおちびさんの頃、神社裏手の池の周りで遊んでいたのさ。そこには、昔、海からやってきた人魚が住み着いたという伝説があった。危ないから一人じゃ絶対に遊んじゃいけないと言われていたそうだが、夏海はそこに行くと落ちつくんで、親の目をぬすんではこっそり遊びに行っていたそうだ。ある日池の周りで木の実を拾っていると、空が一転黒く変わって不気味な雰囲気に覆われた。神社は、高台の寄進された土地にあって、それまで晴天だったのに訳がわからず夏海は不安になったんだ。だけど、何かに魅入られたように夏海はそこを動けなかった。次の瞬間、ドーンと音がした。まるで大きな岩が池に落ちたような、あるいは天から何か巨大な何かが降って来たような。不思議なことに夏海は、そのとき水面が波だった記憶がないそうなんだ。何か急に目の前の景色がゆがんで池に何かが浮かんでいるのが見えた。そして、夏海は巨大な蛇に出会ったんだ」

7 夏海の願い

夏海に起こった出来事は、その後の人生を左右する転機となった。

大人になるまでそのときのことは夢を見たようで忘れていたが、深層心理では消えないトラウマとして残っていた。

それはこんな体験だった。

夏海は、文字通り蛇ににらまれたカエルになって固まっていた。目の前にいた身の丈十数メートルはあろうかという、青々とした輝くばかりの鱗に覆われた巨大な蛇。

（我が名は魔神スネール。恐れることはない。お主をこの場でどうこうするつもりはない。冥界の神官マクミラとの闘いに敗れて人間界に堕ちて来た。娘よ、名はなんと申す？）蛇は言葉を発するのではなく、心に直接語りかけてきた。

「な、なつみ…」恐れていながらも好奇心から夏海は問いかけに答えた。

（マーメイドを敬う者たちの一人か……よいか。これから我が伝えることをよく覚えておくのじゃ。我の伝えに従えば夢をかなえてやろう。もしも従わなければおそろしいことが起きるぞ。我はマクミラとの闘いに敗れた。マクミラは我を闘いでやぶっただけでなく、我の心までをも奪った。冥界の最高位の神官としてたぐいまれなる力を持ったマクミラの爪は我がプライドだけでなく我が凍りついていたハートも引き裂いた。狂おしい愛の痛みに打ち震える内に、我は異次元空間を人間界に堕ちていった。太古の蛇一族の予言によれば、我が人間界に堕ちるのはすでに予定されていた。この池にはマーメイドの血筋を引く十三匹の錦鯉たちがいる。我はこれから長い時間をかけて錦鯉たちを喰らい続けて、いつの日か来るマーメイドとの闘いに備えて力をたくわえるつもりじゃ。その前に、我には恋いこがれるマクミラのためにすることがある。マクミラもいつか人間界に来るさだめ。マクミラはマーメイドの娘と人間共の運命をかけて闘うのじゃ。マーメイドの娘はたいした力を持っていない。しかし、導く者と助ける者には恵まれたマーメイドはマクミラの強力な敵となるであろう。マーメイドの娘の力の秘密は両足の第六番目の指にある。よいか、お主は年長になってマーメイドの赤ん坊を育てることになる。そのときマーメイドの両足の第六番目の指を切り落とすのじゃ。我が命に従うならば褒美は望むままじゃ。さあ、願いを申すがよい）

「おどりが……うまくなりたいの」夏海はずっと思っていたことを言った。リズム感がよくてスタイルのよい夏海は、保育園時代からお遊戯会でもいつもセンターで踊るスターだった。たまにテレビで見るミュージカルやバレーにも子供らしいあこがれを抱いていた。

（よいであろう。お主に誰もが振り返る深い海の底の海草のような美しい黒髪とまるで猫が立って歩いたかのようなしなやかさをあたえてやろう。いつかお前はマーメイドの赤ん坊に出会う。その赤ん坊の第六番目の指を切り落とせ。さすればマーメイドはもはや我が愛するマクミラと闘う力を持たぬようになる。マクミラは容易に目的を達成できるであろう。だが、覚えておくがよい。もしも我との約束をたがえることがあれば、お前は我と同化して魔界の住人となるのじゃ。最後に伝えておく。神導書アポロノミカンで盗み見た我に関する一節を。

すべてを燃やし尽くす蒼き炎が
すべてを覆い尽くす氷に変わり
猛々しき白骨が愛に包まれて石に変わり
冥界の神官が一人の人間の女に変わる時
巨大な合わせ鏡が割れて
太古の蛇がよみがえり
新たなる終わりが始まりを告げて
すべての神々のゲームのルールが変わる）

8 夏海とケネス

こうしてマリアの長かった話は終わった。
やっと夏海が口を開いた。

「ごめんなさい。いろいろあやまらなくてはいけないことがありすぎて……ケネスと出会ってからはずっと幸せだった。それまでずっとつっぱっていたのが初めて一緒にいてのびのびできる人に出会えた気がしていた。ナオミをあなたが海でひろってきて、この赤ちゃん、六本指だと思ったときも軽く考えていた。ナオミの六本目の指を切った方がよいと言ったのも夢の記憶のような子供の時の蛇との約束にとらわれていたわけじゃなくて、本当に五本指の方がナオミのためにはいいと思ったからなの。でも……」

ケネスは、それまで一度もなかった夏海の提案に逆らった彼の記憶をたぐり寄せて、言った。「でも、どうしたんだ？」

「夢を見るようになったの」

「夢？」

「毎晩夢の中にあの巨大な蛇が現れて、早くナオミの第六の指を切り落とせと語りかけるの。でも私にはどうしてもナオミの指を切り落とすことはできない。そう思っていたのに、時々ナオミの指を切り落とさなければ自分が魔界に落ちるとおびえている自分がどこかにいると気づいたの。だからケネスに嘘の手紙を書いてニューヨークに行くことにしたの」

ケネスは夏海の置き手紙を思い出した。思いだしたと言うより、ずっと忘れられなかった文面だった。

ケネスへ

いままでありがとう。大きなあなたの愛につつまれて、このまま自分のしたいことができなくなってしまうことがこわいの。ゴメンナサイ。劇団に誘われてチャンスだと思いました。わたしはどうしても自分の可能性を試したい。心が動いたのは、昔の恋人がニューヨークにいると聞いたこともあります。さびしい時に出会って、やさしくしてもらったくせになんて女と思います。でも自分を偽りながら暮らせない。あなたは何も悪くない。私がわがままなだけ。ナオミを置いていきます。わたしにも彼女にもつらいけど、あなたとナオミは一緒にいることが必要と思います。理由はうまく言えないけど……いつまでも今のままのあなたでいてください。

夏海

「嘘か……」ケネスがため息をついた。

「ごめんなさい。劇団に誘われてたのは本当だけど、昔の恋人がニューヨークにいると書いたのは嘘。あなたはそうしたことでも言わなければ、ずっと私のことを引きずると思ったから」

「夏海、バカだ。お前は本物のバカだ」

「そうよね。蛇の誘いにのった上にあんなにお世話になったあなたを裏切って、ナオミを置き去りにするなんて……」

「ちがう！　バカと言ったのはそんな理由じゃない。なんであのとき正直に話さなかった。もしも今の話を聞いていれば、たとえ何があってもお前を守るために闘ったのに」

9 男と女の勘違い

ナオミは思った。

アチャー、バカなのはケネスの方じゃない。

昔の男なんて、手からすべり落ちてしまったショートケーキのようなもの。そう、人間の女なんて一度別れようと決めたら元の鞘に戻ることなんてありえない。それまでステキに思えていたオーラが消えれば、好きだったはずの特徴さえキライな理由に変わってしまう。

だが、次の瞬間、ナオミは思い直した。

それじゃ、元の男に会うなんて一番女にとって嫌なことをしてくれた理由は、もしかして私を気遣ってくれたの……その考えに思い当たった瞬間、祖母のトーミからマーメイドは簡単に泣くもんじゃないと言われていたことも忘れてナオミは泣きじゃくった。

そのとき夏海がケネスに言った。

「今頃こんなこと言うなんて遅すぎるかも知れない。だけど女ってズルイね。あなたとナオミを置き去りにしたくせに、自分のことはいつまでもキライにならないで欲しいと思ってたの」

ナオミは涙を流しながら、それは本当に調子がいいかも、と一瞬思った。

嫌われてもしかたのないことをしておきながら、相手には自分に好意を持っていて欲しいというのはありえないだろうと思った。

しかし、男性が「毒を食らわば皿まで」とばかりにいったん決心すれば迷いなしに突き進むが、女性にはつねに「自分を客観的に眺めるもう一人の自分」がおり「なんで私こんなことしてるんだろう?」といぶかしがってる。

ナオミは人間界に来て、女にはいつでも方向転換の可能性をはらんでいることを知るようになった。それは恋愛にかぎらず、仕事はもちろん人生の選択のすべてにあてはまった。それに対して、男は基本的にかっこつけの存在であり自分自身や社会の決めたルールにしばられる。

そのために、男の断りのセリフは通常「ダメだよ(We cannot do it.)」であり、自分がオーケーと思ってもルールが許さないことはしてくれない。だが、男が「イヤだなぁ~」と言うときは実はまんざらでもなく、ひたすら頼み込めば、自分さえ我慢すればよい状況ならば頼みを聞いてくれることも多い。ところが、女の断りのセリフは通常「イヤ(I don't wanna do it.)」であり、自分が感情的、生理的にイヤなことはどんなに頼んでも絶対にしてくれない。ところが、女は世間的よりも自分の気持ちが優先する。そのため、女が「ダメ~」と言うときは実はまんざらでもなく、いったん自分がしてもよいとか、あえてタブーを犯してみたいと思えば社会的に許されないことでもオーケーが出るのである。つまり、男の行動原理が「論理」でありルールにしばられる保守的な動物であるのに対して、女の行動原理は「感情」であり自分自身の好き嫌いで動くチャレンジングな動物なのである。

「あのとき、俺もお前に言えなかったことがあった。俺も同じような夢を毎晩見ていた。目覚めた瞬間にいつもくわしい内容は忘れてしまったが、お前が巨大な蛇にからみ取られる夢だった気がする。まるで蛇が自分の嫉妬を象徴しているようで、あのときは話すことができなった。だが、その蛇が俺の不倶戴天の敵のような印象だけは残っている。いいか、夏海。俺はお前と過ごした期間の思い出だけで生きていける。その前に何があろうとその後に何があろうと関係ない。もしもどこかで会えたら一つだけ言いたいことがあったんだ。ありがとう、とな」ケネスが言った。

「ケネス……ごめんなさい」

「いいんだ。お前が幸せになって本当によろこんでいるんだぜ」

「ナオミ」夏海が顔を向けた。「あなたに弟ができたのよ。トミーと言うの。クリスマスの舞台が終わったら楽屋に来てね。紹介するわ」

ナオミは、なぜ弟の名が祖母のトーミに似ているのかしらと不思議に思った。

第8章

1 魔女たちの二十四時

最近になって、四人の魔女たちが諍いをすることがふえた。といっても力関係がはっきりしているため、つねにリーダーの悪魔姫ドルガを他の三人が説得するという構図であった。

「我々はもう長い間、神の姿のままで穢れた人間界にいるために指先や羽が崩れつつあります。もうこれ以上、人間にとりつくことを待つべきではございません」真夜中になって成層圏から戻った氷天使メギリヌが言う。

「ひとつはっきりさせておく」ドルガが言った。「命が惜しさにどうでもよい人間にとりつくなどはプライドが許さぬ。我らが、そもそも冥界のルールを乱し、魔界の連中とつきあうようになったきっかけを忘れたわけでもあるまい。我らは、冥界でも名門中の名門の出自であった。しかし、父親がちぎった相手が地上で汚れきった堕天使たちであったため、我らはいかなる地位も与えられなかった。結果として、人間界に脱獄することになった。たしかに神界に住むものが人間界で仮の姿を持てば、一日で六〇日分歳を取り一年で六〇歳分の歳を取る。唯一、寿命を長らえる道は人間と合体することじゃ。だが、とりつかれた人間は我らが離れる時、その命を失う。我らは、とりついた人間の運命を取り上げることになる。我らがとりつく人間はそれなりの相手ではなくてはならぬし、相手に対する責任が生じるじゃ。我らの究極の目的は、魔人スネール様を目覚めさせる破壊のエネルギーを起こすことだけではない。スネール様と共に新たなるルールを作って人間界を支配することじゃ。それでこそとりつかれた人間も、自らの大義によろこんで殉ずるであろう」

不死の蛇姫ライムが言う。

「我は、死にたくても死ねぬ呪われた身。ですが、ドルガ様とメギリヌ、リギスが人間界に留まるには、そろそろ人間にとりつかなくてはいけませぬ。マクミラへの怨みをはらすためにも」

マクミラの名が出たとたん、ドルガの眉がピクリと動く。

そのとき、どこかへ行っていた冥界の道化師の異名を持つリギスが戻ってきた。

「ドルガ様、お待たせでありんす。我らがとりつくべき人間を見つけたでありんす。人間共がオーディションとか呼ぶものを通過した、クリスマス・イベントに選ばれたダンサーたちの中で強い霊感を持つ四人でありんすえ」

「さすがじゃな、リギス」

「お褒めの言葉をいただき恐縮でありんす。さて娘たちでありんすが、一人目は、今は亡きアラビア王の血筋を引く美女シェラザード。この娘にとりつくには、ライムがお似合いでありんす。二人目は、ロシア王朝の末裔ユリア。この娘には、メギリヌがぴったりでありんす。三人目は、ベリーダンスを生み出したと言われるジプシーの長の娘ザムザ。この娘には我がとりつくでありんす。最後の娘は、東洋の辺境の島から来た夏海。スネール様と因縁浅からぬ娘であり、ドルガ様がとりつくのがよろしいでありんす」

次の瞬間、リギスが歌いだした。

すべてを燃やし尽くす蒼き炎が
すべてを覆い尽くす氷に変わり
猛々しき白骨が愛に包まれて石に変わり
冥界の神官が一人の人間の女に変わる時
巨大な合わせ鏡が割れて
太古の蛇がよみがえり
新たなる終わりが始まりを告げて
すべての神々のゲームのルールが変わる

2 レッスン会場の魔女たち

「なんじゃ、その歌詞は?」ドルガが尋ねる。

「この度のパフォーマンス・フェスタのパンフレットに書かれていたでありんす。おそらくは……」

「アポロノミカンか?」

「そうらしいでありんす。夏海という娘が覚えていたでありんす」

「例によってアポロノミカンの予言は謎じゃが、『太古の蛇がよみがえる』とは幸先よい。よし、リハーサル会場へ飛ぶとしよう」

次の瞬間、四人の姿は消え去っていた。


フェスティバルの本番を直前に控えて、キャストたちはヌーヴェルヴァーグ・タワー一階ホールでリハーサルに汗を流していた。タイトルは、「砂漠の魔人の城～ミラージュの伝説」だった。ドワイト・〝パライソ〟・コパトーンと夏海が書いた七幕のミュージカル仕立てのパフォーマンスになっていた。脚本は、夏海が昔ケネスから聞いた「海は一日七回、その色を変える」という船乗りの伝説が下敷きになっていた。ストーリーは以下のようなものだった。


第一幕、「明けの黄金色に輝く海は、海洋神ネプチュヌスの支配の始まりの刻」。海沿いにありながら呪いによって砂にうずめられてしまった都の城で、三人のセイレーンの魔女たちが海主ネプチュヌスに捧げる唄を歌って幕が開く。

第二幕、「真っ青な昼の海は、太陽神アポロンが空を駆けめぐる刻」。城の支配者である太陽の化身である三神と月の化身の女神が降臨する。

第三幕、「波しぶきに輝く白色の海は、天かける最高神ユピテルの輝きの刻」。魔女たちと太陽の化身が最高神ユピテルに捧げる剣舞を行う。都は、海と太陽の恵みを受けて繁栄するはずであった。

第四幕、「夕焼けに映える真紅の海は、軍神ベローナの勝利の雄叫びの刻」。都の支配をねらう蜃気楼の魔神が現れて、サソリを通じて魔女たちをそそのかして太陽の化身たちに争いを仕掛ける。

第五幕、「月の光に映える灰銀色の海は、無慈悲な月の女神アルテミスの涙の刻」。太陽の化身たちを救うために、冥界から助っ人がやってくる。それでも魔女陣営と太陽の化身陣営の力は甲乙つけがたく決着がつかない。

第六幕、「漆黒の闇を写す黒色の海は、冥王プルートゥの支配の始まり」。魔神の超能力によって闘いは、精神界に場を移す。精神体となった両陣営は、本来の超能力を使って死闘を繰り広げる。

第七幕、「そして、なにものにも汚されていない半透明な緑色の海にだけマーメイドは姿を見せる」。すべてを見ていたマーメイドが闘いに参加し、長い闘いに決着が着く。蜃気楼の魔神は、砂漠に消えていく。


「ヴェリー・グッド！」ドワイトの甲高い声が響きわたった。「だんだん、よくなってきてる。だが、完璧にはまだ演出の余地がある。シェラザード、もっとシミーを派手にして。ユリア、首のアイソレーションを大きくしてみよう。ザムザ、君の踊りには直すところがない。だけど歌にもっと哀愁をこめて。夏海、いったいどうした？　もっと集中して。明日からは男性陣と合流して全体レッスンが始まるよ」

3 ベリーダンスの歴史

今回のジェフェリー・ヌーヴェルヴァーグ・シニア生誕百周年パフォーマンス・フェスティバルは、異例尽くめだった。まず、ミュージカル仕立てと言っても、普通の踊りではなく振り付けにベリー・ダンスが取り入れられていた。さらに、驚くべきは巨額の費用をかけたパフォーマンスが一夜限りだったことだ。通常、ミュージカルは資金を投資家たちから集めて、ロングランになれば配当を配るシステムである。絶対に失敗は許されないだけに、構想と準備に数年をかけることもめずらしくない。今回、そうした心配がいらなかったのもヌーヴェルヴァーグ財団の潤沢な予算あればこそだった。

ベリーダンスは、人類最古のダンスとも呼ばれる。その発祥には、諸説ある。最も古い説では、古代シュメール文明の時代に生まれて、豊穣祈願や自然崇拝の目的で祈りや祭り、弔いの場で踊られたという。あるいは、古代エジプトで出産を助ける三人の女神を奉って、繁栄と豊穣を祈って女性のために女性が踊ったことが始まりという説もある。やがて宮廷に入ったベリーダンスは、宗教色を失い、エンターテインメント性を高めていく。七世紀にイスラム教が起こって預言者ムハンマドが歌や踊りは魂を惑わすと弾圧したために、ベリーダンスはストリートで庶民の娯楽としても踊られるようになった。

今日では、エジプト、トルコなど中近東各地で独自のスタイルが確立している。たとえば、トルコの場合、かつてジプシーと呼ばれたロマ民族が現在のスタイルを発展させたと言われている。エジプトでは踊りに制約を課したが、トルコでは振り付けや服装に制限をかさなったためにより表現力に富んだダンスが発達した。欧米では、腹部や腰をくねらせて踊るためにベリー（腹部）ダンスと呼ばれるようになった。アラビア語での名称はラクス・シャルキー（東方の踊り）である。

しなやかで神秘的な動きをするベリーダンスの秘密は、首、肩、胸、腰など身体の各部位を独立させて動かすアイソレーションである。アラビア出身のシェラザードは、アイソレーションの天才でヘッドスライド、フィンガーウェーブ、スネークアーム、クラシカルアームが得意だった。ロマ民族の血を引くザムザの得意技は、腰を振るわせるヒップシミー、肩を動かすショルダーシミー、お腹を動かすアンジュレーションだった。ロシア人のユリアは、身体を波立たせるボディーウエーブが得意だったが、シミターと呼ばれる片刃の剣とアサヤと呼ばれるステッキを使うパフォーマンスで知られていた。夏海は、欧米人と比べても大柄だったのでお尻を上下にするヒップドロップやエスの字を書くように動かすフィギュア8、さらに見栄えのするターンが得意だった。

ダンスは体力を非常に消耗するので、ダンスとダンスの合間にはタブラと呼ばれる打楽器やウードと呼ばれる撥弦楽器の演奏が入ることがあった。

今日もリハーサルが終わって四人がくたくたになった頃、夏海の携帯電話が鳴った。

4 トミー、託児所を抜け出す

電話は向かいのビルの三階の託児所にいる八才になったばかりの息子トミーからだった。

「ママ、もうレッスン終わった？」

「うん、ちょうど終わったよ」

「おそいよ～。もうつかれた」

「ごめんね。着替えたらすぐ迎えに行くから、もう少し待っててね」

「うん……」納得したようなしないような返事をして、トミーは携帯の電源を切った。

トミーは思った。

そうだ。こっちからママをお迎えに行こう。お着替えにはいつも三〇分はかかる。きっとビックリするぞ。もしかするとお兄ちゃんになったねってほめてくれるかも知れない。大丈夫さ。いじわるな託児所のおばさんの目を盗んで通りを渡れば、ヌーヴェルヴァーグ・タワーはすぐそこだ。

トミーは決心すると、託児所の壁にかかっていたダウンジャケットを保母に気づかれないようにこっそり手に取った。いつもトミーをしかりつけるコワイ保母の目を盗んでドアに向かう。

「トミー」彼に目を留めた保母が声をかける。「どうしたの？」

「おちっこ！」思わずダウンジャケットを後ろ手にして答える。

「そう、もうすぐママがお迎えにくる時間でしょ。おトイレが終わったらすぐ戻ってくるのよ」

「わかりまいた」

トミーは、外に出る言い訳が通っていい気分になった。

部屋のドアを開けて右にあるトイレを素通りすると、そのまま託児所を出てしまう。エレベータで一階まで下りる。ビルの出入り口まで行くと、通りの向かい側にもうヌーヴェルヴァーグ・タワーの明かりが見えた。

よーし、ママを驚かせてやるんだ。もうお兄ちゃんになったところを見せてやるぞ。横断歩道の信号が「渡れ」になっているのを確認して歩き出そうとしたときだ。

コトン。小さな音を立てて携帯電話が道に落ちた。

ずっと握りしめていたのが、一瞬、横断歩道の信号に気を取られた時に緊張がゆるんだようであった。生まれ育つまで使った毛布を手元に置いておかないと落ち着かない神経症をブランケット症候群と呼ぶが、この場合のトミーは携帯電話症候群と言えるかも知れない。

ママとつながる頼みの綱の携帯が……

携帯電話は、まるで自分の意識を持った生命体のように飛び跳ねて道路に飛び出た。次の瞬間、信号が変わると飛び出して来たジープに踏みつけれてペシャンコになってしまった。とたんにいままでのいい気分に不安が取って代わりトミーは大声で泣き出した。

泣きながらも何か自分が見られている気配がして道路の向かい側を見た。ニューヴェルヴァーグ・タワーの前で魔女たちがおもしろそうに見つめていた。

5 ドルガとトミー

まずドルガが近寄っていった。

「小僧よ、我が姿が見えるのか?」

「見えるのかって、お姉ちゃんの姿は他の人には見えないの?」しゃくり上げながらトミーが答える。

「フフフ、そうか。見えるものにとっては見える方が当たり前。見えない方が不思議か……なぜ泣いている?」

「携帯が、携帯が壊れちゃった。もうママに連絡できない」

「はぐれ子か。母の名前はなんと申す?」

「夏海」

ほー、我がとりつこうとしている人間の子なのか。

そのときヌーヴェルヴァーグ・タワーの正面に夏海が現れた。向かいのビルの前で一人っきりの息子を見つけて、真っ青になっている。「トミー!」思わず大声で名前を呼ぶ。

「アッ、ママだ！」トミーは道路の向かいの夏海に向かって走り出した。すでに信号が「止まれ」には変わったのに気がつかない。走り出した彼に能天気な新婚カップルのキャデラックが突っ込んできた。

アレッ、当たる。

数秒にも満たないはずの時間が超常感覚におちいったかのように長く感じられた。人は死の瞬間に人生を走馬燈のように振り返ると言うが、子供だったトミーには振り返るほどの長い人生自体まだなかった。

ママがあぶないことしちゃダメと言ってたから、後で怒られるかな。もしも死んじゃったらパパにもうだっこしてもらえないかな。託児所の仲良しジェーンはいつまでも覚えていてくれるかな。

車がだんだん近づいてきた。運転席のお兄ちゃんと隣の席のお姉ちゃんがビックリしてる。こんなとき車が近づいてくるのを動かないで待ってるなんてバカじゃないかってテレビ番組を見ていつも思ってたけど…本当にこんな時は身体がすくんじゃうんだ。

さまざまなことを思った次の瞬間、トミーの身体は宙を舞っていた。

気がつくと今度は四人の魔女が目の前にいた。

「小僧、まだ我らの姿が見えるか？」ドルガが問いかけた。

トミーの命は風前の灯火となっており、かろうじてうなずくのみだった。

トミーは不思議だった。それにしてもこのおねえちゃんたち、変な格好してるぞ。えーと、こういうのを何と言うんだっけ？　ママがいつか言っていたぞ。そうだ、コスプレだ！

「どうやら生命の糸が切れかかっているようでありんす」リギスがささやく。

「ドルガ様、人間の命の一つや二つどうということがございましょう。今宵の目的はキャスト連中にとりつくこと。さっさと用を済まそうではありませんか」メギリヌが言う。

「ドルガ様、お待ちを。人間とは我々よりもはるかにか弱き存在でございます。ここでもしこの小僧が亡くなれば演出家の父もキャストの母もパフォーマンス・フェスタを続行することはできないでしょう」その時、ライムが反論した。

薄れ行く意識の中でかわされている会話を他人事のようにトミーは聞いていた。考え込んでいたドルガが気配を感じた。

頭が暗い闇になっているために青白いドクロの面をかぶった死神タナトスが、蒼ざめた馬に乗って現れた。まさに今トミーの魂を身体から切り離して冥界へ連れて行こうとしている。

「我は死の神トッドの娘ドルガなり。このあわれなる子にしばしのいとまを与えんと欲す。紛争から飢餓、はては自殺と殺人が蔓延するこの人間界では、一人くらいは我が父の名においてなされた気まぐれを聞いてもよいであろう」ドルガが、タナトスに語りかけた。

一瞬迷ったタナトスは、トミーの命を奪うことをあきらめると冥界に戻っていった。

「ドルガ様、小僧に情けをおかけになるとは悪魔姫の名におとるというものではありませぬか」メギリヌが、皮肉を言った。

「誤解するではない。情けをかけたわけなどではない。ライムの言うように、計画続行にはこの小僧の命を救っておくことは必要不可欠じゃ。この小僧、不思議な力を持っておる。どうせ我が母親の心と体を乗っ取ってしまうのだ。そばにいてどうなるか見てみたくなったのじゃ」

こうして交通事故に遭ったトミーは奇跡的にかすり傷程度ですんだ。母親にこっぴどくしかられるという彼の予測ははずれた。倒れている息子にかけよった夏海は、次の瞬間、ドルガに体を乗っ取られてしまった。

6 キャストたち

演出家のドワイト・コパトーンは困惑を禁じ得なかった。

昨日までとキャストたちのパフォーマンスが一変してしまったからだ。ただし、それはよい方に。

演出の余地がないほどに彼女たちの踊りが完璧になってしまっていた。

マーメイド役の夏海の踊りは、一つ一つの動きが巨大な猛禽類の羽ばたきのように力強かった。そのくせ目線はゾッとするほどのセクシーさに満ちている。

言うまでもなく、夏海にとりついた悪魔姫ドルガの影響であった。

一人目の魔女役ザムザは、見ていると吸い込まれそうになる妖しげなシミーと以前と別人のように艶っぽい歌声でドワイトを驚かせた。

昨夜は魔法の蜜でも飲んだのかいと訊かれても、とりついた歌姫リギスはニヤリとするだけで答えない。

二人目の魔女役シェラザードのアイソレーションは切れ味を増し、人間の動きとは思えないほど各部分が独立して動いた。特に、スネークアームの動きをすると本当の蛇が動いている錯覚に陥った。錯覚とドワイトが思った理由は、両腕を使ったスネークアームが時に四本にも八本にも見えたからだった。

実はとりついたライムが茶目っ気を出して、そうした動きをしていたのであったが。

三人目の魔女役ユリアは、剣とスティックの動きにすごみが出ていた。

とりついたメギリヌが、イミテーションの剣を真剣と取り替えスティックも真鍮入りの重量が三キロ近くあるものに取り替えたせいだった。まるで相手役を切り捨てるかのような気迫に満ち満ちた動きだった。

そのとき太陽の化身役の男性キャスト三人と月の女神と冥界からの助っ人が入ってきた。

とんでもない掘り出し物が集まったもんだ。いままで、どこにこんな魅惑的な舞のできる連中がうずもれていたんだろう。ドワイトが、そう思ったのも無理はない。

太陽の化身役のキャストたちは、ジェフがスポンサーの地位を利用してオーディションに押し込んだダニエル、アストロラーベ、スカルラーベだったし、月の女神はミスティラで冥界からの助っ人はマクミラだった。

プロフェッショナリズムの権化ドワイトはスポンサーがらみのキャスティングには強行に反対したが、彼らのパフォーマンスを見たとたんに即決でキャストに抜擢した。

赤いマントを羽織ったダニエルは太陽神のリーダー「コロナ」役で、姿を現した瞬間から圧倒的な存在感を漂わせていた。一流のバレリーナのような身体で軽やかなステップを踏む度に、天使の華やかさとヴァンパイアのすごみを交互に振りまいた。

だがドワイトが最も気に入ったのは彼の歌声だった。往々にしてナルシストは見ていてシラケるものだが、艶っぽい歌声にはクラっときそうになった。

月の女神「ティラミス」役のミスティラの可憐さは、生まれたての動物の赤ん坊のような無垢さをただよわせながら舞台に立つとその魅力は輝くエメラルドのようであった。

また冥界からの助っ人「クラリス」役のマクミラは、黒ダイヤの冷たい輝きとハスキーな声で見る者を虜にした。

真っ赤な二条の鞭を振り回すと一瞬にして女王様のオーラが立ち上った。振りかざされた鞭が左右に動いているうちに炎に包まれていくと観客からどよめきが起こる。

まだ驚くのは早かった。

太陽神「アストローネ」役のアストロラーベと「スカラローネ」役のスカルラーベ兄弟の掛け合いは、彼らが冥界で得意としたパフォーマンスを下敷きにしていた。実際、どんな道具立てを使ったとしてもそのパフォーマンスは人間技ではないように思われた。

二〇一〇年代に入ると、ブロードウェイは『スパイダーマン』のミュージカルを生身の人間を使って演じるという大胆不敵と言おうか無謀な試みをして、キャストにけが人が続出する。もしもアストロラーベとスカルラーベの二人が本気でミュージカル・スターを目指していたらならば、キャストとして抜擢されていたかもしれない。

7 絡み合う運命

マクミラはリハーサル会場で兄弟妹の雰囲気を感じていた。三ヶ月前に降臨して以来、兄アストロラーベとスカルラーベ、双子の妹ミスティラは対照的な時間の過ごし方をしていた。

アストロラーベは冥界の軍師だけあって、ひたすら人間界の知識をどん欲に吸収していた。マクミラが長い時をかけて収集した哲学書、歴史書に加えて文学作品や理系の書物まで一睡もせず読みあさっていた。

スカルラーベは冥界時代は身体が骨作りだったため、生まれて初めて持った「肉体」を鍛えることが面白くて仕方がなかった。「人間たち」と交流させることは不安だったため、ジェフがニューヴェルヴァーグ・タワーの中のアスレチック・ジムでトレーニングをさせるように手配したが杞憂だった。

脳みそが筋肉でできているようなボディビルダーたちとはメンタリーが近いのか会話らしい会話なしでもコミュニケーションが取れたし、いつのまにか親友同然になっていた。実はシェイプアップ目的の美女たちには色目を使われていたのだが、トレーニングに熱が入りすぎていて気がつかなかった。

ミスティラはマクミラと同じに父〝ドラクール〟の血筋のせいで昼は表に出られなかったために、マクミラの予備の棺桶を借りて睡眠を取った。動物好きの彼女はナイト・ミュージアムに忍び込んだりして、冥界時代とは打って変わったお茶目振りを発揮した。

精神は肉体の影響を受けると言うけれど……特別な能力を持たない人間の中にいた方がミスティラにとっては幸せかも、とマクミラは思った。

ずっとダニエルと魔女対策のシミュレーションに明け暮れていたマクミラに、アストロラーベとの問答は一時の息抜きとなった。

ジェフの提案で冥界から来た三人の名前を考えたときだった。ミスティラは、かわいくひっくり返してティラミスとすれば、なんとか通じるだろうということになった。ただし、アストロラーベはともかく、スカルラーベとは不気味すぎるために留学生ということにしてはどうかとジェフが提案した。それならとんちんかんな行動を取っても外国人ということで納得してもらえる。

「じゃあ、わたしがよい名を考えるわ」マクミラがクスクス笑って言う。「カイン・ラーベとアベル・ラーベなんてどう？」

「よさそうな名ではないか」何も知らないスカルラーベが同意する。

「悪い冗談ですぞ、マクミラ様」ジェフがたしなめる。「そうですな。アメリカ人がなじみのない国がよいでしょう。リトアニアからの留学生ヴォリネン・ザイキスとヨキネン・ザイキスなどはどうでしょう？」

「その名、気に入ったぞ」アストロラーベが答える。「礼を言う」

「お褒めの言葉をいただきありがたき幸せでございます。リトアニアでしたら、ちょっとした伝手（つて）がございまして、偽造ではなく正式なパスポートがご用意できます」

マクミラが答えた。「ちょっとした伝手ね。ヌーヴェルヴァーグ財団の富をもってすればたいがいのことは不可能じゃないわね」

8 マクミラとアストロラーベの会話

「富とは何だ?」ある日アストロラーベがマクミラに尋ねた。

「冥界では、お金を使うことはなかったものね。富を持つとは、たくさんのお金やお金に換えられるものを持っていること。人間界では、お金さえあればなんでも手にはいるしなんでも人に言うことをきかせられる」

「お金があるとは魔法が使えるのと同じようなものか?」

「たしかにお金は人間にとっては魔力があるようね」

「そうだな。人間も心の底ではその魔力をおそれているのではないか?」

「そうかも知れないしそうでないかも知れない。皮肉ね。冥主の本当の名を口に出すことは何人たりともはばかられる。それゆえ人間共が苦し紛れにお追従で呼ぶようになったのが『富めるもの』というのは」

「プルートゥ様とお呼びするのだ」アストロラーベがいらついて続ける。「プルートゥ様が宝物殿に人間たちの執着をたくわえるように(第一部第2章参照)、人間たちも富をたくわえるのか?」

「少数はね。たとえば、わたしたちが今いるアメリカでは上位一パーセントの富裕層が国の総所得の十七パーセントを占めている。さらに上位〇・一パーセントの超富裕層が全体の七パーセントを占めている。レーガン大統領登場前には、上位一パーセントが占めていた総所得は八パーセント、上位〇・一パーセントの総所得はわずか三パーセントだったから短期間で、格差社会が急速に進んだことになる。もっと興味深いのは、一九七〇年代には、この国の代表的大企業百二社の経営トップの年俸はそうした企業で働く労働者の平均給与の四〇倍だった。でも、今や三百倍以上になっている。冥主の富は、あさましい人間共の富を宝物殿におさめることで暗黒面とのパワーのつながりをふせぐため。でも人間共の富は、ためこむことで力を得て他人を支配し自然を破壊しおろかにもより深く暗黒面に近づくため」

「我にはわからぬ。冥界では、プルートゥ様の富はきらめく金銀財宝の形であった。人間界では、富はどのような姿を取るのか？」

「数字だわ」

「はあ？」

「正確に言うと、人間がため込んだ富はお金の残高で表されるの」

「そんなものが何の役に立つのだ？」

「何の役にも立たないわ。東洋には『座って半畳、寝て一畳』ということわざがあるわ。生活に必要以上のお金を持とうとするのは、まるで差をつけること自体が目的のゲームに参加しているようなもの。誰かが自分以上に持っていれば、その人間を追い抜くために血道を上げる。人類最高の富を得たとしても今度は昨日までの自分以上に得ようとする。お金を持てば持つほど持った者は財力の虜になる」

「では人間界における最大の力が財力なのか？」

「権力かしら。中途半端な財力など巨大権力の前ではたかが知れているから」

「権力とは何だ？」

「政治によって生み出される支配力とでも言えばいいかしら」

「政治とは何だ？」

9 政治とは何か？

「くだらない政治なんてものは冥界にはなかったわね。伝統的な定義では、政治は権力に関連するプロセスと考えられている。政治研究では、誰が持つか、どのようにそれが維持されるか、使われるかとかが問題になる。でもこの定義には最近は批判も多い。なぜなら権力には、物理的なもの、委託されたもの、権威から生じるもの、経済的なもの、象徴的言語によるものなど、政治とは権力に関連するプロセスであるという定義は多義的すぎて役に立たない」

「だが権力者には何が正しいか何がまちがっているかを決める力があるのではないか？」

「絶対君主の場合はね。でも人間たちが選ばれた代表者たちが議論する民主主義政治というシステムを生み出してからは、国家という目に見えない巨大な権力が何を真実とするかを決定して、国家認定資格、予算配分、さらに法律を駆使して国民を合法的にコントロールする手段を生み出したの」

「選挙とは何だ？」

「冥界では冥王がすべての役職を決めていたけれど、人間界では人間同士が候補者に投票することで役職を決めるのよ」

「たった一度の投票で役職に最適な人材が得られる保証はあるのか？」

「そんな保証はまったくないわ。イギリスという国の首相チャーチルは『民主主義とは最悪の統治形態だ。時々試されてきた、その他すべての統治形態を除いてのことであるが』と、かつて言っている。つまり、専制主義、社会主義や共産主義など他の統治携帯と比較すれば、ひどいシステムだが民主主義以外の選択肢はありえないと言っている」

「政治もゲームというわけか」アストロラーベはにやりと笑った。「人間は本当にゲーム好きとみえる。暴言を吐いたり差別を助長したりして、最終的に社会を分断させるひどい人間が選ばれるリスクもお楽しみの内か？」

「民主主義を信奉する連中は、一言で言えば、楽観主義者なんじゃないかしら。ひどい人材やシステムが採用されても、また討議を重ねて新しい人材やシステムを採用しうまくいけばいいというのが根底にはあると思う。だから政治コミュニケーション学者のハーンは、政治は権力に関するものではなくコミュニケーションを通じて起こるプロセスである見られるべきだと提唱しているわ。彼は政治は

『公的問題を解決するプロセス』と定義しているの。こうしたプロセスには、問題の明確化、解決案の提示、解決の必要性の討議、複数の解決案のメリットの相互比較、結果的に生じる法律を施行する手続きや市民に対する説明責任まで含まれているわ」

「なるほど問題だらけの人間社会の定義らしいではないか」

マクミラが不思議そうな表情を浮かべた。

10 民主主義という悲劇

「どうした?」

「今度はコミュニケーションとは何だと質問をするかと思ったから……」

「お前からマーメイドがコミュニケーションを学んでいると聞いていたからコミュニケーションに関してはもう調べてあるのだ。コミュニケーションが得意であるとは何も雄弁なことばかりではない。皆が見落としていることを指摘したり、最後にうまく全体の意見をまとめたり、雰囲気作りがうまいとか、あるいはタイミング次第では沈黙することさえ有効なコミュニケーションとなる。つまり、コミュニケーションの神髄とは、時宜（じぎ）に応じた対応ができることであろう。弁論術の始祖アリストテレスとかもうす哲人が、レトリックを『いかなる状況においても説得の方法を見いだす能力』

と定義している。これこそ最古のコミュニケーション的有能さの定義なのだ。この男は公的な説得の技法としてのレトリックは、道徳にかなった目的のための正しい手段であるべきだとも述べている。もしもレトリックが政治家に不可欠ならば、政治家にはつねに現状をしっかり分析し問題に対する現実的な解決案を提示することが求められる。たとえば政治家が公共の福祉という道徳的な目的を掲げても、目標達成のための正しい手段を提示できなければ失格となる。逆に、いくら多くの人民の支持があり、巨額の金を動かす力があってもその目的が道徳的な目的を目指していなければやはり失格となる」

「フフッ」

「何がおかしい？」

「むずかしい哲学には精通しているのに、富や政治のように誰でも知っていることは知らないのがおもしろいと思って」

「人間とは不思議な存在じゃ。物事の本質よりも理論をこねたり応用したりすることばかりに夢中になっている。人間とは、物事の本質を考えないために、長く生きれば生きるほど神々の境地からは遠ざかっていく。人間たちの限られた寿命を考えればそうした行動もむべなるかな」

「でも、わたしは人間界に来て、冥主はひとつだけ素晴らしいことをしてくれたと思うようになった。わたしを不死者にしなかったこと。もしも不死の生命というものがあるなら、それは祝福ではなく罰であり呪い。未熟さとは若さの裏返し。だが賢者は若くとも賢く、愚者は年を経ても愚かしい」

「マクミラよ」

「なに？」

「盲目の身で人間界に来てお前がどれだけ苦労したものかと心配していたが、心配は無用であった。冥界にいてはできない人生とかいうものを体験してきたようだな」

「わたしは盲目の身で人間界に来て幸いだった。誇り、やさしさ、愛、そうした目に見えないものと見えるものの区別をつけずに生きて来られた」

アストロラーベは、冥界時代には「誰も愛さず、誰からも愛されず」を信条にしていた妹の口から愛と言う言葉が出て信じられぬ思いだった。

アストロラーベは、愛する相手とはむすばれない自らの不幸を忘れて思った。それもまたよいであろう。人間界で短く限られた命を生きねばならぬ妹が「愛」を見つけられたならば。

第9章

1 パフォーマンス開演迫る

パフォーマンス・フェスティバル当日の夕方。

ニューヨーク社交界の大物や現地在住の芸能人たちが、次々にヌーヴェルヴァーグ・タワーの特設会場に集まってくる。

ある一団が入場口で係員ともめていた。タキシード姿の紳士や社交服で着飾った貴婦人にまざって、きたないジャケットやジーンズ、スニーカー履きのティーンエイジャーたちの姿は場違いもいいところだった。

「おい、ここはお前らのような連中の来るとこじゃない」

「なんだと！　俺たちは正式に招待されたんだ」

トニーに率いられたタイ系ストリート・ギャングと、ロッコに率いられたイタリア系ストリート・ギャングであった。真夏の夜に冥界を抜け出した魔界の住人に襲われたところをマクミラに救われて以来、ファンクラブのように彼女を慕うようになっていた。マクミラに諭されてからは犯罪に手を染めるよりも生業に就くようになり、夜中にたまにマクミラに出会うと声を掛け合う仲になっていた。彼らはマクミラから正式に送られた金文字で書かれた招待状を持っていた。マクミラがつきあっていて気分の悪い極右団体関係者は、一人も呼んでいなかった。逆に、無鉄砲で礼儀知らずでも、無邪気で打算とは無縁なストリート・ギャングたちがだんだん好きになっていた。

騒ぎを聞きつけてジェフが駆けつけてきた。

「どうした？　何を騒いでいる」

「会長、この連中が招待されたとか、とんでもないでまかせを……」

「でまかせじゃない。皆さんは娘の友人だ！」

「えっ！」

「すぐにお席にご案内するのだ。トニーとロッコだったね。失礼した。私はマクミラの父ジェフ。今日は来てくれてありがとう」

トニーが機嫌を直して言う。「わかればいいのさ。さあ、みんな席につくぞ」

ジェフが小声で言う。「ちょっと待ってくれないか？」

「おじさん、まだなんか用？」

「君たち、まさか銃なんて……持ってきてないだろうね？」

「ちょっと待って」トニーとロッコが仲間を集める。

「ん～、俺以外にも何人かマイクロ・ウージー持ってきてる奴がいるな」二人が口を揃えて言った。

ジェフはめまいがした。「あ～、もう持ってきてしまったものはしかたがない。今日のところは、私を信用して預けてくれないか？」

一瞬、躊躇したトニーとロッコが顔を見合わせた。「おじさんには助けてもらったからな」

「ありがたい。ちょっと奥へ」

ジェフは、クロークルームから出て来たトニーのTシャツに書かれた文句を見て卒倒しそうになった。そこには「俺が死んだら天国に行くぜ。なぜなら生きているうちに地獄を見たから(I will go to heaven because I am in hell while alive!)」と書いてあったからだ。

「とにかく早く席に着いてくれ！」かぶりをふりながら、ジェフが言った。

2 パフォーマンス・フェスティバル開幕！

小さいトラブルはあったが、パフォーマンス・フェスティバルの準備は着々と整いつつあった。会場右側のバルコニー席には、ドワイトに招待されたマリア、ケネス、ナオミと幼なじみのケイティの四人が座っていた。

「あいつの匂いがする」マクミラが楽屋で竜延香の香りに気がつき、ナオミが客席で麝香の香りに気がつき同時に言った。

いやがおうにも緊張感が高まってきていた。

ナオミがパンフレットを開くとキャストの一覧表が目に入った。

第一の魔女……………〝ザムザ〟
第二の魔女……………〝シェラザード〟
第三の魔女……………〝ユリア〟
マーメイド……………夏海・コパトーン
太陽神コロナ…………ダニエル・ラモント
太陽神アストローネ…ヴォリネン・ザイキス
太陽神スカラローネ…ヨキネン・ザイキス
月の女神………………〝ティラミス〟
サソリの仮面…………ジョージ魔道
冥界からの助っ人……マクミラ・ヌーヴェルバーグ

第一幕「明けの黄金色に輝く海は、海洋神ネプチュヌスの支配の始まりの刻」が始まった。最初の魔女役ザムザに取り付いたリギスが扇状の翼イシスウィングを開いて登場した。イシスとは、古代エジプトの豊穣と受胎の女神の名である。暗い「太古の廃墟（〝Ancient Ruins〟）」をバックに幻惑的なシミーを踊りだす。ベリーダンスの衣装は裾の広がったフレアータイプだった。真紅のヘッドピース、トップス、アームス、パンツで統一している。他の女性ではケバケバしくなりそうなほどの飾りや腕輪をしているが、派手な顔立ちに相まって気にならない。それどころか流れるように腕や指先、腰、首が動くのを見ていると女性客でもうっとりする。
最初の曲が終わると悩ましい声で次の曲をリギスが歌い始めた。

明けの海は、黄金色に輝く
だが、魔神に呪われた城は砂に埋もれたまま
海主ネプチュヌスよ
遙かかなたの氷の世界から来た我らは
どうすればよいのか?
都の城は、廃墟のままなのか?
だが、海主は何も答えてはくれぬまま
眠りについた魔神スネールよ
望むものは何なのか?
都の城は、何も答えてはくれぬまま

次に、「オムオム(゛Oз Oз゛)」をバックに二人目の魔女役シェラザードに取り付いたライムが踊り出す。リーフスカートで決めている。エメラルド・スパンコールで統一されたブラとスカートが動く度に燦めきを放つ。ライトがあたると思わず観客からため息がもれる。頭を四方に垂らす度に髪飾り

が妖艶にうねる。腰からお腹にかけては見事なタトゥーが入っている。うごめく蛇にも見えるタトゥーが左右の骨盤のあたりから胸に向かって入っている。元々得意なアイソレーションが、そのせいで二重三重に魅力的になっている。器用にシミターと呼ばれる剣を頭の上にのせたままで後ろに倒れると、今度はゆっくりと腹筋の力で起き上がる。

実はライムのタトゥーは本物でなくボディ・ペインティングだった。ベリーダンサーは普段から節制に節制を重ねて、身体の切れや肌の艶にいたるまでつねにベスト・パフォーマンスを心がける。そのために本物のタトゥーを入れて身体を「傷物」にすることは少ないし、ボディ・ペインティングをその日の気分や曲に合わせて入れることがほとんどである。ダンサーによってはファッションでおへそにピアスを入れたりする。

3　太陽神と月の女神登場！

三人目の魔女役ユリアに取り付いた金髪のメギリヌは、アームバンドまで含めて純白のフォルターネックの衣装で決めている。大きなベールを持って登場するとステージ中央で数回転する。ベールを投げ捨てると、雪の妖精が地上に舞い降りたような動きで「エル・バストン（"El Baston"）」をバックに踊り出す。アサヤと呼ばれるステッキを身体の一部のようにあつかって観客の目を集める。全身のシルバー・スパンコールが雪の結晶のように光り輝く。
二人を従えて再びリギスが中央に来て歌い出す。

愛、答えは愛
愛だけが呪いを解くことができる
だが、愛はどこにあるのか?
愛は見ることができるのか?
愛はさわることはできるのか?
たとえ見つけることができても
たとえ見ることができても
たとえさわることができても
それはさっきまでと同じ愛なのか?
それは魔神の望む愛なのか?

三人は群舞に入って「クレージー・フォー・ユー("Crazy for You")」をバックに舞台狭しと踊り出した。魔女たちに微笑まれると聴衆から歓声があがり、魔女たちに睨みつけられると思わず悲鳴が上がった。まだ聴衆たちは今日のパフォーマーたちが尋常ではないと気づいてはいない。

パフォーマンス・フェスティバルは、第二幕「真っ青な昼の海は、太陽神アポロンが空を駆けめぐる刻」に進んだ。城の支配者で太陽の化身である三神が降臨する。太陽神コロナ役のダニエルがインカ帝国の戦士のような衣装で登場する。引き締まった筋肉とセクシーな顔立ちに女性客の目が吸い付けられる。ヴァンパイアが太陽神を演じては文句が出そうだが、元々が天界の住人だったのだから昔取った杵柄というべきであろう。

ケイティがすぐ気がついた。

ヒッ、鶏が首をしめられたような声を出して横の席にいるナオミを肘でつつく。

「ク、ク、クリストフ……」

「いったい何？」

「クリストフ！」

「まさか？」

「でも、クリストフだよ」

「あの能天気なクリストフにしては暗すぎない？　パンフレットには、え～とダニエルと書いてある。たしかに面影はあるわね」

「ぜ～ったい、まちがえるはずない。毎日いなくなってからも部屋に写真をかざって見てたんだから」

4 奇妙な剣舞

はたして恋する乙女の直感は正しいのだろうか。

ナオミは今日のフェスティバルが、何かとてつもないものになるような予感がしていた。

コロナ役の男性が、スターの甘い声で歌い出す。

青い昼の海は
太陽神アポロンが天空を駆けめぐる刻
だが我が都には強い日差しはあっても愛はない
麗しき魔女たちよ
お前たちはどこから来たのか?
お前たちはどこへゆくつもりなのか?
もしもゆくところがないのなら
この都にとどまりその美しさで
我らと共に愛の花をさかせてはくれまいか?

月の女神ティラミス役ミスティラが引き取って歌う。可憐な外見からは想像できないほど声量がある。しかもサラ・ブライトマンばりの高音域である。

魔女たちよ
お前たちがさがす魔神スネールは
はるかかなた遠いオリエントの国に墜ちていった
太陽神コロナはうつくしい声と富を持つ
太陽神アストローネは光り輝く蒼い羽と知恵を持つ
太陽神スカラローネは誰よりも強い力と純粋な心を持つ
魔女たちよ
お前たちがもとめる魔神スネールは
すでに冥界の姫クラリスの恋の虜になりはてた
太陽神コロナの愛を受ければ欲しいものは望むがまま
太陽神アストローネの愛を受ければ最善の道が待っている
太陽神スカラローネの愛を受ければ何の心配もない

次に、コロナの部下の二人の太陽神が「ナリナリ（〝Nari nari〟）」をバックにして求愛の踊りを始めた。インド・パンジャブ風のノリノリの曲である。

太陽神アストローネ役のアストロラーべが漆黒のマントを脱ぐと青い羽が左右に広がった。左右の手に握られた半透明の剣が宙を切り裂くと青い炎が次々と生まれた。あたかも生命を持ったかのような動きで炎は一つに集まると、獲物を求める三つ首のドラゴン人形に変化した。

太陽神スカラローネ役のスカルラーべが白いマントを脱ぐと真っ黒な羽が広がった。背負っていた大鎌を振ると白炎が次々生まれた。鎌を一閃する度に炎の数がふえて、やがてひとつの巨大な炎になり、すべてを焼き尽くそうとする三つ首白色ドラゴン人形が現れた。

右のドラゴン人形にアストロラーべが登って舞を踊る。

次に、左のドラゴン人形に飛び乗ったスカルラーべが鎌を振り回す。青いドラゴンと白いドラゴンと絡み合う美しさは見る者に時の経つのを忘れさせた。

5 何かが変だ?

舞台は第三幕「波しぶきに輝く白色の海は、天かける最高神ユピテルの輝きの刻」に進んでいく。

ダニエルが再び歌い出す。

おお、白い海の波しぶきを見るがよい
最高神ユピテルの輝きの刻が来た
愛こそ、この喜びのときにふさわしい
愛こそ、この世でもっとも貴きもの
だが、愛こそ、この世でもっとも不可思議なもの
試みずには、知ることはけっしてできぬもの
愛は論理や倫理にはけっして当てはまらぬ
愛は喜怒哀楽のどれにも似て、どれとも非なる
だが、すばらしきがゆえに破滅にみちびく
愛はすべてを奪うものが、奪うことでなにかを与える
愛は苦しめるものが、苦しめることで歓喜を与える
愛はこの世でもっとも貴きもの
だが、貴きがゆえにはかなくうつろいやすい。
愛は愛し合うものがいるときは誰もその価値を知らず
失って初めてどれほど大事であったかを知る

次に、魔女たちと太陽の化身が最高神ユピテルに捧げる剣舞に進んだ。彼らの住む都が海と太陽の

恵みを受けて繁栄するための祈りの剣舞であった。「アナ・ウェル・レイリ(〝Ana Wel Leiï〟)」が始まると、いきなりリギスがイシスウィングをコロナ役ダニエルの方に羽ばたかせる。扇状の翼には切っ先鋭い十数枚のナイフが仕込んであり、とっさにかわす。そのままの位置にいたならば身体が上下生き別れになるところである。だが、コロナはこの程度かといわんばかりに微笑んでいる。

ライムがシミターを太陽神役のアストロラーべにいきなり振りかざす。本来イミテーションの湾曲した剣だが、触れればただではすまない切れ味である。だがアストロラーべもさるもの、腰の剣を抜いて何食わぬ顔で受け止める。

メギリヌが真鍮入りで三キロもあるアサヤをスカルラーべの頭上にかざした。冥界の将軍だけあって、スカルラーべも腰の剣で難なく受け止めて表情一つ変えない。

ダニエルとアストロラーべ、スカルラーべの三人が目配せをする。

ここまでは折り込み済みと、楽しんでいる雰囲気さえただよわせている。

ほとんどの観客は何も知らずに迫力満点の演出だとよろこんでいる。

観客の中で何かがおかしいとナオミとケネスだけが気づいた。

「おい」小声でケネスが話しかける。「今の雰囲気はただごとじゃない。殺気にあふれていたぞ」

「重さを感じさせないけど、剣もスティックも尋常じゃない感じ」

「お前も気づいたか。さすがは俺の娘だ。大部分の観客は何もわかっちゃない。もう少し様子を見るが気を抜くな」

「わかったわ」

6 回り舞台

フェスティバルは中盤の第四幕「夕焼けに映える真紅の海は、軍神ベローナの勝利の雄叫びの刻」にさしかかった。都の支配をねらう蜃気楼の魔神が現れてサソリを通じて魔女たちをそそのかして、太陽の化身たちに争いを仕掛けるというストーリーだった。

「ヤー・バアヒィヤ（"Yah Bahiyya"）」の不気味な調べが始まりサソリの仮面がかぶった役者が、ステージに踊り出た。なぜか小脇に何か本のようなものが入った特殊ガラスケースを持っている。

役者が甲高い子供のような声で叫ぶ。

ウヒヒヒヒ、ついに時が来たぞ！

ピョンと逆立ちすると台本とはまったく違った歌を歌いだす。

いつの間にか曲が「リバース（"Rebirth"）」に変わっている。

すべてを燃やし尽くす蒼き炎が
すべてを覆い尽くす氷に変わり

猛々しき白骨が愛に包まれて石に変わり
冥界の神官が一人の人間の女に変わる時
巨大な合わせ鏡が割れて
太古の蛇がよみがえり
新たなる終わりが始まりを告げて
すべての神々のゲームのルールが変わる

さあ、新しいゲームの始まりだ！

サソリの仮面をかぶった役者が宣言する。まだ出番ではなかった冥界からの助っ人クラリス役マクミラがハスキーボイスで尋ねる。

「蜃気楼の魔人よ、何を考えている？」

「何も考えてない。ただ、その時々にしたいことをするだけ。ケケケケ、ボクが手に持っているものが何かわかる？　このケースを開けてしまえばこの会場中におもしろいことが起こるよ」

「まさか！　アポロノミカンを持ち出しているのか？」

「クックックッ、そのまさかだよ。おねえちゃんと直接話すのは初めてだね」マスクをはずした顔はメイクアップでもしたようなピエロ顔でニヤニヤ笑い。髪がザンバラになって下に垂れている。「ボクの名前はさかさまジョージ。リギスねえちゃんがつけてくれた渾名（あだな）は、サーカス団で育てられた悪魔の子、遊園地に住みついた魔法使い、人にまざってレスリングに興じるゴブリンだよ」

「マッドの奴、元々狂っていたが、とうとうおかしな奴に乗っ取られたか」

「ちょっとちがう。進化したと言ってほしいね。弱虫魔道やいじけるしか能のないマッドとちがってボクには知恵がある。悪知恵だってあるしね。もうマクミラねえちゃんを思って、苦しむこともなくなるんだ。魔女たちとボクは取引した。おねえちゃんたちがマクミラねえちゃんを誰のものでもなくしてくれれば、ボクがアポロノミカンをおねえちゃんたちのために使いこなしてあげる。さあ、ドルガねえちゃん登場～！」

7　魔女たちの正体

「ダブル・ヴェール（"Double veil"）」が流れ出して、マーメイド役の夏海にとりついたドルガが中央に現れた。金色のフォルスターネックとスパンコールブラとマーメイドスカートが本物の人魚のような雰囲気を醸し出している。ドルガは扇子の先に薄手の布がついたファンベールを右手に持っており、ひらひらと炎のような動きをさせる。

その美しさに気を取られた次の瞬間、観客は驚愕した。ドルガがターンを繰り返すと悪魔姫の本性を現したからだ。彼女は巨大な翼竜の羽を持っており、羽ばたきのたびに小さい竜巻が起こる。

今度は、氷天使メギリヌも本性を現して美しい十六枚の黒い羽を広げる。外面の気高さと内面のサディストは、大魔王サタンになってしまったかつての天使長ルシファーの両面を表していた。

次に、蛇姫ライムが本性を現して母エウリュアレ譲りの青銅の腕と黄金の翼を左右に広げる。怒りに身をまかせた青銅の顔にイノシシの牙と髪のすべてが蛇になって口から長い舌が垂れ下がった醜い姿には変身しない。その姿には仲間でさえ血も凍る恐怖によって石になってしまうが、まだ美しかった頃の叔母メデゥーサにうり二つの姿を見せている。

最後に、唄姫リギスが本性を現して優雅にコウモリのような羽を動かす。

観客は、恐怖を感じ震え上がっているがまだ演出だと思って席についている。

「待つがよい。魔女たちよ、思いっきりやりあえる闘いの場を用意してやろう」アストロラーベが声をあげた。「いざ、時空変容ミラージュの儀式を始めん。この日、この時、この場に集りしすべてのものよ。もしも我らと前世よりのなんらかの縁あるならば、共に精神世界へ赴きアポロノミカンに予言された闘いに加わらんことを願う。もしも汝らになんの縁もなかりせば、この場にとどまりすべてを忘れるがよい」

アストロラーベが左右の手のひらを下に向ける。「吹き出す蒼き炎よ、この場のすべてを覆い尽くすがよい！　吹き出す蒼き炎よ、選ばれしものにふさわしい闘いの時と場所を与えんことを祈らん！吹き出す蒼き炎よ、このふさわしきものどもに名誉と祝福を与えん！」手の平から吹き出す蒼い炎は自らの意志を持つように会場を覆っていた。だが、その見た目の激しさとは裏腹にまったく熱さを感じさせなかった。

バルコニー席から見ていたナオミは、最初は舞台が動き出したのかと思った。しかし、動いていたのは舞台ではなく観客席の方だった。回転するスピードはどんどん早まっていった。

アストロラーベのセリフはまだ続いている。

大いなる時よ、しばしその歩みを止めよ
大いなる時よ、しばしの眠りに就き
大いなる時よ、我らの行いを静かにながめるがよい
大いなる場よ、しばしその動きを止めよ
大いなる場よ、しばしの眠りに就き
大いなる場よ、我らに精神世界の闘いを許すがよい
ドルガ、メギリヌ、ライム、リギス、アストロラーベ、スカルラーベ、マクミラ、ミスティラ、
そしてこの場に居合わせしすべての神界に所縁あるものたちよ
いざ、我とともに精神世界へゆかん！

8 マクミラたちの作戦

会場にいたすべての人間がストップモーションになったかのように動きを止めた。

次の瞬間、ケネス、ナオミはグニャリとゆがんでいく時空の裂け目に冥界所縁のものたちと一緒に吸い込まれていった。

これこそがマクミラとダニエルが何ヶ月もかけて練った作戦だった。アポロノミカンの予言を分析した結果、魔女たちがクリスマス・フェスティバルを狙って来ること、キャストの四人のベリーダンサーに取り憑くこと、それをふせぐことは不可能であることまでは予測がついた。

作戦を進展させたのはアストロラーべだった。

今回のゲームに人間を巻きこむことは許されない、冥界、海神界、天界だけで片をつけるべき筋合いである、そして、それが魔女たちに対して勝機を最大限化すると主張した。もとよりマクミラとダニエル、アストロラーべに反対意見があるはずもなかった。

しかし、アストロラーべが、冥界三大魔術の一つ時空変容ミラージュによって闘いの場を精神世界に移すと言ったときにはマクミラは強く反対した。

この儀式は冥界にも現在では使えるものがほとんどいなかった。巨大なエネルギーを無理矢理に止めるため、これまで数々の魔法使いの命を奪って来た危険な技であったからである。

しかし、マクミラが押し切られたのには二つの理由があった。

ひとつには、アストロラーベの冷徹な戦力分析のせいだった。

人間界に来て二十年、マクミラがようやく取り戻した力だけで魔女と闘えば、赤子の手をひねるようにやられてしまう。仲間と共に、精神世界に移動して全員が本来の実力を出して初めてなんとか闘いになると予想された。

第二に、マクミラがミシガン山中に立てた第三の建物ナイトメアランドでおこなってきた研究成果だった。アストロラーベが異次元空間同士とつなげても、六百六十六分間ならなんとか大きな危険は冒さずにすむという見通しがあったからだった。

いったん入り込んでみると精神世界は、サルバドール・ダリの溶けた時計で有名な絵画以上のシュールさだった。

地は溶けて流れ、天は渦巻き、海には噴火する山脈から流れ出る溶岩が絶え間なく流れ込んでいた。つい先ほどまで青かった背景は、瞬時にして黄色く変わったかと思えば、次の瞬間には真っ赤に変わった。しかし、アストロラーベの魔力によって溶けた背景が形を取り始めると、中央には宇宙ロケットのような高い塔がそびえ立ち、そのスペースには神々の銅像が彫り込まれた回廊が出現した。

9 健忘症の堕天使

精神力の弱いものは弱いなりに、精神力の強いものは強いなりに、精神世界ではすべてのものが自分のイメージする姿を取ることができる。

精神世界の中央広場には真紅のマントに身をつつんだマクミラがいた。マントの中には二本の真っ赤な鞭を隠し持っている。すぐ脇に白銀のマントに身をつつむミスティラがいた。右には、漆黒のマントと軍服に身をつつんだアストロラーベがいた。貫き通せぬものはないと噂される半透明の槍を抱えている。左には、一振りで千の魔物の首をはねとばす大鎌を背中に背負ったスカルラーベがはげ頭に筋骨隆々とした体躯をドクロでできた鎧につつんでいた。

ナオミもカンザスの闘い以来となる海神界時代の真珠の戦闘服に身を包んでいる。

ケネスは上半身の服がはだけてメーライオンのタトゥーがむき出しになっているが、自分が変化したイメージを持っていないために人間の姿のママになっている。ジェフも、マクミラから血の洗練を受けていたせいで精神世界に来る資格を得たようだった。

だが、場違いと思われる人間が二人人まざっていた。

サソリの仮面をかぶったままで逆立ちしたさかさまジョージは小脇にアポロノミカンを抱えていた。

「何だい、みんな、その目つきは？　こんないかれた世界はボクにこそふさわしい。自分たちがふさわしくて他人がふさわしくないなんて、いったい誰がいつどこで決めたのさ？」

ケケケケと高笑いを上げる。

あろうことか会場に来ていた夏海の息子トミーまで来ており、何が起こったのか理解できずにがたがた震えている。ドルガが母親の愛情あふれる夏海の声で語りかける。

「坊や、これは夢の中の出来事なのよ。すべて終わればあなたはベッドの中で目覚めているわ」

トミーは、気丈にうなずいた。ドルガの精神にも、夏海の肉体が影響をおよぼしているのかもしれなかった。

マクミラがそっと目配せするとキル、カル、ルルがトミーのそばで慰めるようにクンクンと鳴きだした。ついにこれで役者が揃った。

今度はドルガが迫力にあふれた地声でアストロラーベに話しかける。

「冥界の貴公子、久し振りじゃ。さすが古今東西の魔術に通じているだけのことはある。だが、わざわざ人間界までやってくるとはなんとも妹思いなことよ」

「悪魔姫、お主こそ大丈夫なのか？　いつもなら見目麗しい姿が、その様子では人間界に来てからだいぶ長く人間に取り憑かずにいたらしい。羽や爪の先がだいぶ崩れているぞ。お主はこれまで闘った中で最高の敵だった。よもや私をがっかりさせるようなことはあるまいな？」

「心配無用。我らが実力はいささかも衰えてはおらぬ」

「ちょっと、私を仲間はずれにして。いったい何が起こっているの？　夏海がまるで全く別人になっちゃったのはどういうわけ」状況がまったくわからずにいらだったナオミが話に割り込む。

「我が名はドルガ」

「いったい何⁉」

マクミラが答える。「あなたは海神界の完全な記憶を持っているわけじゃなかったわね。まずはご挨拶からね。お久しぶり。ちょっとは成長した？」

「大きなお世話よ！　挨拶なんてしてる場合じゃないわ」

アストロラーベが言う。「ナオミよ。お前の姉アフロンディーヌのいいなずけだったアストロラーベだ。覚えているか？」

「そんな人がいたような気がするけど……」

「とんだ挨拶だな。まあ、よかろう。わかりやすく説明する。冥界最高位の神官マクミラが人間界に来て以来、冥界の結界がゆるんでしまい極寒地獄コキュートスから捕らえられた魔女四人が脱獄したのだ。そこにいるのが、『爆破するもの』で悪魔姫ドルガ、『いたぶるもの』で氷天使メギリヌ、『酔わすもの』で蛇姫ライム、『悩ますもの』で唄姫リギス。四人はマクミラに復讐を誓っている。妹を救うために兄である我々アストロラーベとスカルラーベ、妹のミスティラが冥主様によって送り込まれたのだ。お主と父上殿もアポロノミカンによってさだめられた運命の一部。すでにゲームのルールを変えることが最高神会議によって決定しているのだ」

第10章

1 魔女たちの目的

「ねえ、クリストフのことを忘れてるわ。彼は本当にクリストフなの？」

皆がダニエルの方を見ると、堕天使は苦しそうなうめき声を上げていた。

「ウッ、ウッ、ウッ、オレはいったい誰なんだ。クリストフ？　そんな名の時もあったような気がする」

「覚えてないの？　チャック、シャナハン、それに孔明のことも？　ケイティはすぐにあなたがわかったわよ」

「ケイティ……。俺を慕っていたケイティ。それじゃ君は……ナ、ナオミ？」

「じゃあ、本物！　生きてたのね。でも、あのお調子者でプレーボーイだったクリストフの雰囲気が変わっちゃった。まるで……」

「まるで堕天使のようにか」マクミラが答える。

「なぜクリストフが堕天使になってるの？」

「お前が人間として知っているクリストフは元々が天使長ペルセリアスだったのだ。人間界に来てマクミラの血の契りの儀式によって堕天使ダニエルに生まれ変わった。今は精神世界にきたばかりで三つの人格がまざりあって混乱しているのだろう。カンザスの闘いでは、死にかけていたのが命をなんとかとりとめたのだから恨む筋合いではあるまい」アストロラーベが答える。

「いいの。生きていてくれさえすれば、どんなに変わっていても」一瞬、瞳が潤んだがマーメイドはやたらに泣くもんじゃないという祖母の教えを思い出した。そのためにナオミは泣き笑いの表情になった。

「何がおかしい？」マクミラが尋ねる。

「私は愛する相手にはめぐまれない。だけど、どこに行っても導くものと助けてくれるものには不自由しない。そうは知ってたけど、まさかマクミラ、あなたにまで助けてもらうとは」

「勘違いしないで。クリストフを助けたのは彼を味方にすれば、あなたの側の勢力をそいだ上にわたしの側の戦力を強化できる。一石二鳥だったからだわ。それに今回は手助けするのはあなたでわたしじゃない」

「それを言うならトラブルに引き寄せられるのが私の運命。礼にはおよばない。そして、あなたがクリストフを救ったように私も夏海を救ってみせる」

「夏海とかいう娘は我とすでに一体化しておる。救われるかどうかという話なら、気高い我と合体したおかげで人間としてはもう生きずにすむのだ。これ以上の救いはあるまい」ドルガが言う。

「なんてことを！　マクミラへの怨みだけでそんなことを」

「ドルガ様、我らが目的はマクミラへの恨みをはらすこと以上だったはず？」参謀役のリギスが議論に加わる。

2 人類は善か、悪か？

「たしかに。マクミラとの闘いもこれが最後となろう。誤解されたまま死なれては目覚めが悪い。お主たちは勝手に思い込んでいるようだが、マクミラへ復讐などは序の口。我らが次なる目的は、闘いの巨大なエネルギーを起こして魔人スネール様を目覚めさせること。そして、我らの究極の目的はスネール様と共に新たなるルールを作って人間界を支配することじゃ。太古の蛇と呼ばれたスネール様は、すでにマクミラとの闘いの後、長い時を人間界で過ごして復活の準備をすませておいでた。この惑星から人間共を取り除き、我ら神と堕天使の血を引くものたちが支配する楽園を作るのじゃ。よいか、我らの考えでは人類こそ悪。それは性根が悪いといった次元ではなく、地球という生命体、世界というシステム自体にとって人間こそ最大の脅威と言ってもよい。だからこそ人類絶滅を目指す我らこそが善なのじゃ！」

「今頃、人類が悪だとかに気づいたか。だからと言ってお主たちが善の存在になれるわけではない。神界にも人間界にも居場所のないお主たちなどまた捕らえて、今度こそ抜け出せない地獄に閉じ込めてくれる」マクミラが答える。

「貴様と再び闘える喜びに身が震えるわ。だが、じゃまな人間共はライムの力で石の彫刻にするかメギリヌの力で氷の彫刻にでもしてやろうと考えていたが、人間界から精神世界に闘いのために移動するとは冥界中に畏れられた神官がやさしくなったものだな」

「勘違いするな。肉を持つ身で出せる能力などたかが知れている。互いに本来の力を出し合ってこそ、お主の恨みもはらせるのではないのか？」マクミラが声をかける。「しかし、魔女たちよ、最後の闘いからどれだけの時が経ったことか。だが、お前たちの目的はわたしへの恨みを晴らすことであろう？　マッドのなれの果ての道化の口車に乗ってまでずいぶんと大がかりなことよ」

うらみをはらすという言葉を聞いて、トミーの足下にいたキル、カル、ルルの目が熱くメギリヌに注がれる。三匹は、タンタロス空間を脱出するときに父ケルベロスの第三の首の右目をステッキでつぶした敵についに出会ったことで興奮していた。

「ちょっと待って。人類を十羽ひとからげにすることこそ間違いだわ。人類一人一人の中には善の心は存在するし、悪の方向に向かう者に対して善の方向に向かう者も多いわ。一人一人の善を促進し全体を善に向かわせることこそ、私たちがすべきことじゃない！」ナオミが怒りだす。

「おもしろいことを言うでありんす」リギスが議論に加わる。「では、いかにして死にかけたこのガイアが合体した星を救うというのでありんすか？」

ナオミは沈黙した。

「アポロノミカンよ」マクミラが助け舟を出す。

3 軍師アストロラーベの策略

「そうだ、アポロノミカン！　私たちの最後の希望よ」

「最後の希望か。どこまでおろかなのだ。人間どもを救うことが出来るなど、どこをどう見ればあやつらが生き残る材料があるというのだ？　天は汚れ、海は穢れ、地中は汚染され、宇宙空間にさえ争いを持ち込もうとする者どもに。自然界の動植物の怨嗟の声が聞こえぬか？　自らは数限りない獣と同胞さえ殺しておきながら、自分たちに対して危害を加えることはいっさい許さぬ。そんな都合のよい理屈が通ると思っているのか？　最後の希望だと？　この闘いでお主たちの希望など根こそぎ奪ってくれるわ」ドルガが怒りをあらわにする。

「悪魔姫、それでこそお主らしい」アストロラーベが誘いをかける。「だが、誇り高いお主のことだ。せっかく用意した決戦の舞台ミラージュで最高のカーニヴァルを始めようではないか」

「望むところじゃが、カーニヴァルとはどういうことじゃ？」


人間界に来て以来、調子の出ていなかったアストロラーベが軍師としての真骨頂をだんだん発揮しているように見えた。だが、実は本人は必死だった。アストロラーベは話し出した。

「ここの回廊には四つのドアが用意されている。それぞれは水が渦巻く部屋、虹が流れる部屋、土煙があふれる部屋、嵐が吹き荒れる部屋へつながっておる。我らが陣営とそちらの陣営からの代表戦と行こうではないか。こちらからは、水が渦巻く部屋にはナオミを送らせてもらおう。虹が流れる部屋にはスカルラーベ将軍を送らせてもらう。土煙があふれる部屋にはこのアストロラーベ自身を送らせてもらう。嵐が吹きあれる部屋にはダニエルを送らせてもらう。お主たちも代表を送り込むがよい。マクミラを代表にしないには理由がある。それぞれの部屋でお主たちの代表が勝利したならば、望むものは何でも貢ぎ物として捧げよう。マクミラもその貢ぎ物の一つだ。その代わりにもしもお主たちが敗者となったならば、我らが軍門に下るというのはどうだ？　代表者以外の者も立会人として各部屋に入れるだけでなく、一度だけなら闘いに助太刀として入れることとする。だからマクミラも助太刀には入る」

「どうじゃ、お主の意見は？」ドルガがリギスに尋ねる。

「いったん決闘を持ちかけられては、たとえ堕天使であっても我々神の血筋を引くものには拒むことはかなわぬことでありんしょう。我らの実力なら精神世界の闘いで後れを取るとは考えらないでありんす。それに相手が四つの勝負に我らが望むものを捧げるというのなら願ってもないでありんす」

「リギスよ。それで我らは何を望む？」

「はい、第一の闘いに勝利したならばアポロノミカンを所望するでありんす。次の闘いに勝利したならばミスティラを所望するでありんす。第三の闘いに勝利したならばマクミラの命を所望するでありんす。最後の闘いに勝利したならば我らに自由を所望するというのはいかがでありんすか？」

「第一と第三、最後の闘いの勝利の暁の貢ぎ物は、それでよいであろう。だが、第二の闘いの勝利の見返りがミスティラとはどういう意味じゃ？　役立たずの妹などよりもアストロラーベを我が陣営に取り込んではどうなのじゃ？」

「その答えは冥界の貴公子の顔をご覧になるでありんす」

4　メギリヌ対ナオミ……

皆の視線がアストロラーベに集まった。

アストロラーベがつぶやいた。リギスめ、知っておったか……

そのときずっと黙っていたミスティラが口を開いた。

「かまいませぬ。もとより裁かれて刑を受ける運命だった我が命。それにマクミラ様がお兄様たちの助太刀を受けている以上、魔女たちなどに負ける道理がございません」

「うるわしき姉妹愛よな」ドルガが言う。「だが、後悔することになっても知らぬぞ。よかろう、第一の闘いにはメギリヌを送ろう。そちらからはマーメイドの小娘が出るのじゃな？」

「ナオミよ。どうじゃ闘うか？」アストロラーベが確認する。

「水が渦巻く部屋と聞いて引っ込めるはずがないでしょ。この真珠で出来た戦闘服を着た私が水中の闘いで誰かに遅れを取るとでも？」

「その意気やよし」

「ちょっと待って」部屋に入ろうとするナオミにマクミラが声をかけた。

「何？」

「人のことは言えないけど、あなたはまだ目覚めきってない」

「いまさら……」

「たしかに、いまさらね。だけど、わたしは少なくとも冥界の記憶だけは完全に持っている。海神界出身のあなたは精神世界での闘いは苦手なはず」

「だから何なの？」

「闘いの秘訣を教えておくわ」

「ふ〜ん、今日はやけに親切ね。いったい何？」

「何があってもおそれないこと。必ず勝つという強い意志を持つこと」

「それだけ？（Just like that?）」ナオミは拍子抜けした。

「それだけよ（Just like that.）」マクミラがあっさり念を押した。

「ちょっと待った！」皆が顔を向けると声の主はケネスだった。「俺も参加させてもらう。アストラーベとやら、お前は言ったな。もしも我らと前世よりのなんらかの縁あるならば、共に精神世界へ赴きアポロノミカンに予言された闘いに加わらんことを願う。もしもその呪文が正しいのなら俺にも闘いに参加する権利と義務があるはずだ」

「お主に権利と義務があると申すのか？」

「二〇年前ネプチュヌスからナオミを預かったときあいつは俺が死に場所を探しているといいやがった。ナオミと出会って俺はようやく守るものができた。ここでナオミを守ることができなければ何のために俺はこれまで生きてきた。もしもナオミを守って死ねるならここは最高の死に場所になるはずだ」

「ケネス、ダメだよ。ここは人間がどうこうできる場所じゃないんだから」

5 最初の部屋

「俺の身体の奥底から声が聞こえるんだ。ナオミ、『いたぶるもの』をなめてかかるのではない」。一瞬なぜかシンガパウムのオーラを感じてナオミは何も言えなくなった。

「さあ、氷天使が待ちくたびれているぜ。最初のドアを開けてもらおう」

部屋に入ってから気づくと全員が空中に浮かんでいた。

目の前に広がるのは不思議な風景だった。

ふつう水は高きところから低きに流れる。

だが、ここでは渦巻く水は低きから高きに流れるかと思えば途中で横に流れを変えたりした。水はあるところでは灰銀色の輝きを見せるかとおもえば、別のところでは青いしぶきをあげていた。

ナオミとケネス、メギリヌが水面に下りたが沈まない。

部屋の中は信じられないほどの広さを持っていた。

ナオミは初めての精神世界に緊張していたが、あちこちの十数メートルも幅のある水流を見ている内に落ちついて来た。

「いいか。最初はお前一人で闘うんだ。くやしいが、どうも俺になんとかなりそうな相手じゃない。それに内なる声が聞こえるんだ。時が来る。必ずお前が俺の助けを必要とする時が来ると」後ろからケネスの声が聞こえた。

「わかった。ケネス、見ててね」

「マーメイド姿のお前の闘いを初めて見るんだ。目に焼き付けておくさ」

「水が渦巻く部屋と安心しているようだが、アポロノミカンの予言を覚えておるか？『すべてを燃やし尽くす蒼き炎が、すべてを覆い尽くす氷に変わり』とあったではないか。人間界から精神世界で移動するときにすべてを燃やし尽くす蒼き炎は見せてもらった。次の予言をかなえるとするか」メギリヌが言った。

メギリヌがゆっくりと身体の前で両手を交差させた。

次の瞬間、手にしたのか切っ先鋭い黄金職のステッキを足下に突き刺した。冷気が一気に轟音を立てて吹き出すと半径百メートルの水が凍り付いた。

続いて渦巻いていた水さえ凍り付いて巨大な数本の氷柱となる。

「さあ、これでも落ち着いていられるかい、マーメイド?」

「私の名は、ナオミ!」言うが早いか駆け出す。真珠の鎧が七色の輝きを見せている。途中からスピードがのろくなる。足下の氷がナオミを踏み出す度に張り付いてきたからだった。足を踏み出す度に最初は足裏が、次に足首まで、だんだんと膝下まで凍り付く。

メギリヌは腕組みしてナオミが近づくのを余裕で待っている。

なんとかメギリヌにたどりついたナオミがマーメイド・ソードを取り出すと下方から切り上げる。

狙いはメギリヌ自身ではなく足下の氷だった。氷が割れると一筋の水が噴き出してメギリヌの顔に傷をつける。

「完全には凍りついていなかったみたいね」

「かすり傷をつけて、よろこんでいるとはおめでたい」

スッと、メギリヌの傷が新たな氷におおわれて消えた。

6 ペンタグラム

メギリヌはオーケストラを指揮するように両手を高くかかげると、次に人差し指を左右に向けた。

同時に美しい十六枚の羽が左右に広がった。

マニフェスト・ディザスター！

メギリヌが叫ぶと氷がバキバキと音を立てて盛り上がり形を取っていく。

気がつけばナオミは数体の氷魔神に囲まれていた。ざっと氷魔神たちの姿を確認すると、七体。

フッ、アンラッキー・セブンか？　いや、前回は七体のゾンビー・ソルジャーたちに勝利を収めているからラッキーセブンか。


一匹目の魔神は達磨のようにまん丸。

二匹目の魔神はダイスのようにまっ四角。

三匹目の魔神はイカのようにとがった姿。

四匹目の魔神はジャガーのように精悍な姿。

五匹目の魔神はまさかりそのもの。

六匹目の魔神はマンモスのような牙を持っていた。

最後の魔神はロケット砲のような姿。

そのとき闘いをながめていたケネスが声をかけた。「ナオミ、アウトナンバード戦略を思い出せ！」日本語では圧倒的に相手の数が多いときを何と言うんだっけ？　そうだ、多勢に無勢だ。そんな戦い方も私は学んでる。

いきなり達磨魔神が転がってきた。かわしざまにケリを入れるが、攻撃力は低いわりに防御力は強い。けった足がすべっただけでダメージは与えられない。次に、ダイス魔神がゆっくりせまってきた。かわしたつもりが、突然長い両腕が飛び出してナオミを抱きかかえた。

しまったと思った瞬間、イカ魔神がとがった頭を向けて飛び込んできた。ギリギリまで待ってナオミが上方にジャンプすると、イカがダイスに突き刺さる。氷魔神同士が相打ちになってかき氷になった。

多勢に無勢の時の鉄則―「同士討ちを誘う」。

だが直前まで抱え込まれていたため、襲いかかってきたジャガー魔神の爪をよけきれない。真珠の鎧の全面に深々と爪痕が残る。さらに、まさかり魔神が猛スピードで飛んでくる。

あやうくかわすが、もう少しで首を飛ばされるところ。

ナオミがバランスを崩したところにドスドスと音を立ててマンモス魔神が走り込んでくる。スピードこそないが二本の鋭い牙に貫かれたらどうなるかわからない。

殺気を感じて振り返るとロケット砲魔神が照準を合わせていた。

ビビッてる場合じゃない。ナオミは気合いを入れると巨大ピッケルをイメージした。大気中の水分を集めたアクア・アックスが両腕に現れた。細かく振動するアクア・ヒックスで足下の氷をひっかくように走り出す。

7 ナオミの復活

めちゃくちゃに走ったのかと思われたが、いつの間にか五芒星形の傷跡が残っている。追われた振りをしてマンモス魔神を星の中央におびき寄せる。

ハッ！

飛び上がるとヒビが入りかけた氷に乗ったマンモス魔神の上に飛び乗る。ミシミシと氷が裂けて重みでマンモス魔神が雄叫びを上げながら沈んでいく。多勢に無勢の時の鉄則二「相手の欠点を利用せよ」。

だが、ナオミも勢いあまってマンモス魔神と共に水中に沈んでいく。

メギリヌが再びオーケストラの指揮者のように手を動かして強大な氷柱を引き寄せると、ナオミが沈んだ部分にたたき込んだ。続いて別の氷柱をたたきこんだ氷柱に組み合わせると強大な十字架が完成した。それはまるでナオミの墓碑銘のようにたたずんでいた。

「口ほどにもない。まるで歯ごたえがないではないか」メギリヌがうそぶく。「氷の下で一生を終えるがよいわ」


ふとマクミラが気づくと、足下のキル、カル、ルルがうなりをあげている。

そうか、闘いたいんだね。いいかい、ジュニベロスに変身してから行くんだよ。考えが通じたようにまるで冥界の父ケルベロスに届けとばかりに一声大きく吠えると、それまで三匹だった子犬たちが三首の魔犬ジュニベロスに変身した。極寒のせいなのか、いつもと違ってシベリアンハスキーのような見事な体毛を備えている。

やるじゃないか。油断するんじゃないよ。マクミラがつぶやく間もなく父親を傷つけたサディストめがけてジュニベロスが飛び出した。

だが、立ちはだかったのはジャガー魔神だった。

このまま行けば真っ正面からぶつかりあうと思われた時。ジュニベロスが口から炎の息を吐き出した。ジャガー魔神がひるんだ隙に喉元に食らいつく。あっけなくジャガーの首がくびれて原型をとどめなくなる。

ジュニベロスが、そのままメギリヌに向かっていこうとした時だった。

厚いはずの氷をやぶってナオミが飛び出してきた。

油断していたまさかり魔神は真下からの攻撃を受けてまっぷたつに割れた。それぞれを左右のアクア・アックスに引っかけると、数回転させて勢いをつけるとロケット魔神に向かって投げつける。ナオミのアクア・アックスボンバーを受けてロケット魔神も粉々に崩れしてしまう。

多勢に無勢の時の鉄則三「一対一の状況に持って行け」。

「お待たせ。私はマーメイドだから、どんなに冷たくても水に入ると元気を取り戻す。水中に入ったおかげで真下からの攻撃も可能になった。礼を言うわ」

「フフ、小手試しは終わり。お前の戦闘能力など取るに足らぬと分かったわ。マニフェスト・ディザスターの真の力を見せてくれる」

メギリヌの十六枚の羽が羽ばたきを開始した。

それまでとは比較にならないほどの冷気が回りに吹き荒れる。しだいに、それは雪嵐となり視界ゼロになる。同時に、いままでせいぜい厚さ数十センチだった氷が一気に数メートルにもなった。

8　返り討ち

心眼でものを見られるマクミラには視界がゼロになることなど何のハンディにもならない。見ていて思った。

マズイ。精神世界では弱気になると相手のパワーが相対的にアップする。

ナオミとジュニベロスが強い寒風にひるんだ次の瞬間。

メギリヌの黄金のステッキが飛んできた。

グサッ。イヤな音を立ててジュニベロスの三番目の首の右目にステッキが突き刺さる。

アォーン！　あまりの痛みに耐えかねてジュニベロスが叫び声を上げる。

「血は争えないわね（What a family resemblance!）」メギリヌがうそぶく。「戻れ！」

手元に戻ったステッキが今度はナオミを襲う。

グサッ。かろうじて致命傷は避けたが、左の太ももにステッキが突き刺さっている。黄金のステッキはナオミの真珠の鎧を破って刺さっており、真っ赤な血がしたたり落ちている。

「とどまれ！」メギリヌが不思議な命令をくだした。

次の瞬間、ナオミは恐怖を感じた。

ステッキのささった左足が凍り始めたからだった。

「マニフェスト・デッドリーの真の恐ろしさを見せてやろう。もはや逃げることはかなわぬ。このまお前の身体はジリジリと氷の彫刻になるのだ」

クッ……

負けん気の強いナオミが文字通り血の凍る恐怖に言い返せない。

「なんと美しい……真珠の鎧を身にまとった栗色の髪のマーメイド。白い鎧が赤く血にそまっている。アアッ、そのくやしそうな顔にそそられる。知っていた？　私は両性具有の氷天使。いつも絶対零度の彫刻を作った後はハンマーで砕いて死に花を咲かせてあげるのだけれど。お前だけは氷の館に永久に飾っておいてやろう」

マクミラは闘いを見ながら、冥界時代にアストロラーベから聞いた話を思い出していた。三流戦士同士の闘いはこけおどしや虚勢に血道を上げる。人間界ならショーマンシップというのかも知れない。だが、彼らにはそうした路線に走るしか能がないのだ。二流同士の闘いはドングリのせいくらべである。結果として、勝負は勝ったり負けたりの繰り返しとなる。

一流同士の闘いは技を決めるタイミングだけの問題でつねに実力は伯仲している。そのためにコンディショニングやゲームプランが勝敗を分ける。

だが超一流同士になると、どちらに勝負が転ぶかまったく予想がつかない。もっと言えば勝敗など度外視になる。なぜならそうした闘いは生涯何度も経験できるものではないから。

自ら闘うより軍師であることの多かったアストロラーベは、超一流戦士同士の闘いにおいてつねに勝利の可能性を最大限化することを考えた。例えば、甲は乙より強い、乙は丙より強い。では丙は甲より必ず強いかというと、甲が丙を苦手とすることがあり得る。アストロラーベはそうした組み合わせを考える天才であった。

それでも何かがおかしいとマクミラは感じていた。

9 最悪の組み合わせ？

氷天使に対してマーメイド？

普通に考えれば最悪の組み合わせに近い。

フロストキネシスによって水が凍らされてしまえばマーメイドにとっては陸地で闘っているも同じ。実際、ここまでの闘いを見る限りナオミは苦戦している。

ここは冥界最強の炎使いスカルラーベを当てるか、あるいはアストロラーベが軍師役に専念するならば、弱いとはいえサラマンダーの女王の血を引くマクミラでもよい。なんにしても、ここはパイロキネシスを持つものを当てるべきであった。しかし、四人の魔女相手のシミュレーションをしているときでもアストロラーベは対戦相手の組み合わせは何も漏らしてはくれなかった。

マクミラには確信があった。

必ず軍師には深い考えがあるはずだ。

ここまではアポロノミカンの予言通りになっている。

……清らかなる魂と
邪なる魂が出会う
百年に一度のブリザードの吹き荒れるクリスマスの夜
四人の魔女と神官の闘いが幕を開ける時
血しぶきの海に獅子が立ち上がり
マーメイドの命を救う……

見守っていたケネスだったが、もういても立ってもいられなかった。

クソッ、蟷螂の斧かも知れないが飛び出して行くか？

そのとき身体の内部からケネスだけに聞こえる声が話しかけてきた。

(ケネス殿、しぶきを上げることはできもうすか？)

(お前はずっと俺の背中にいたナオミの父親だな）精神感応能力のないはずのケネスが返事をした。

(我が名はシンガパウム。しぶきさえあれば降臨し氷天使とまみえることが叶いまする。だが、氷の世界のままでは……呼び水が必要なのでござる)

(呼び水があればいいんだな？）念を押すとケネスは氷上に飛び出した。

「ナオミ、絶対負けるなよ！」次の瞬間、ケネスは自らの心臓に抜き手を突き刺すとひっかくように血管を引き裂いた。

あざやかな血しぶきが一気に数メートルも立ち上がった。

その血しぶきの中からケネスの背中のタトゥーから抜け出したシンガパウムが立ち上がった。

（ケネス殿、かたじけない）

（礼にはおよばないぜ。俺たちの娘を、ナオミを早く助けてやってくれ）大量出血に薄れ行く意識の中からケネスが伝える。

足から腰、腰から腹、腹から胸へだんだんと身体が凍りついてナオミも意識が薄れつつあった。最初は激痛だったのが血の巡りがなくなってきたのか、眠くなってきた。

そのとき目の前になつかしい姿がぼんやりと見えた。

シンガパウム様……でも、こんなところにいるハズがない。

夢かしら？　私、このまま死ぬのかな？

第11章

1 鬼神シンガパウム

「夢ではない。私だ。シンガパウムだ」

えっ……ナオミの意識がわずかに戻ってきた。

「ネプチュヌス様から一度だけ降臨するご許可をいただいたのだ。寝ている時ではないぞ。見よ。お主を救うため血しぶきをあげたケネスは死にかけている。早く片をつけて私が体内に戻らなければ……」

えっ……

ナオミの目が開いた。

「ここは精神世界なのだ。弱気になればつけ込まれる。落ち着いて考えれば、氷天使メギリヌといえども絶対零度を使いこなすことなどできるものではない。お主は、足に突き刺さった黄金のステッキの冷たさと氷天使の言葉によって魔術にかかっているだけなのだ。メギリヌは悩みの神レイデンの娘。最大の能力は、相手を苦しめ悩ませて闘いを有利に進めることだ。だがマーメイドの血潮の流れをとめられるものなど、どこの世界にいるものか。さあ、自分を信じて立ち上がるがよい」

きびしくとも愛情にあふれた父であり師でもあるシンガパウムの言葉を聞いてナオミに気力が戻ってきた。

そうだ。私の血潮が凍りついたりするものか。

トクン……

凍りつきかけたと思いこんでいた心の臓がはっきりとした鼓動を打つのを感じた。夢から覚めたように意識が急にはっきりした。全身が凍りつきつつあると思ったのは、大量出血によって弱気になっていただけだった。

ナオミは立ち上がると思い切りステッキを引き抜く。

「返すぞ、メギリヌ！」ナオミが勢いをつけてステッキを投げ返す。

さすが氷天使、あっさりステッキを受け止める。

「目に焼き付けておけ」シンガパウムが言う。「お主に見せる最後の闘いじゃ」

ナオミに言葉をかけたシンガパウムを見て、急にメギリヌが不機嫌になった。純白の身体には似つかわしくない黒い羽が大きく羽ばたくと、フッと身体が宙に浮いた。みるみるうちに目の下に陰ができて魔女の形相になったと思うと羽だけでなく全身が真っ黒になった。

「冥界や天界にまで名声が響き渡った伝説の海神界の鬼神シンガパウム、相手にとって不足はない。さあ暗黒氷天使に変化したぞ、来るがよい」

「いらだっておるのか？」

「誰がいらだっておる？」

「汝の父悩みのレイデン殿とは、しばしば語らった仲なのだ。今の姿を見れば嘆いておられるであろう」

「あんな奴のことは触れるな！　嘆いていると？　笑わせるではないわ」

「それほどまでににくんでいるのか……」

「よかろう。なまぬるい親子の情を持つお前たちに、我がなぜ魔界のものたちとつきあうようになり極寒地獄コキュートスに落とされるようになったわけを冥土の土産に聞かせてやろうではないか」

2 氷天使メギリヌの告白

「我が父レイデンは、冥主プルートゥより人間を苦しませる役目を負っていた。不安、嫉妬、苦悩、悲しみ、ありとあらゆる苦しみを人間に与え続けた結果、だんだんと脳波共振現象によって自分が人間に与えた苦しみに自分自身も苦しむようになっていった。そんなときだった。父は日本と呼ばれる小さな島国の東北に立ち寄った際に、我が母である深雪に出会った。雪の精であった母の純白の姿はいっさいのけがれを知らず、冷たいが内に熱い情熱を秘めていた。母は苦しむ人間を見続けたために疲れ果てても、その責務から逃れることができない父に優しかった。やがて母は我を身ごもった。しかし、母は産み落とすときに我が持つ十六枚の羽によって激しく傷つきその命を失った。最初の内は母にうり二つだった我に父は愛情を注いでくれた。だが、だんだんと父の悩みの影響を受けて羽の色が黒くなるにつれて父は我を憎むようになっていった。父は我の中に最も自分自身が忌み嫌う暗い部分を見てしまった。我らは出会う度に激しく争うようになった。父の打ち下ろす黄金の鉄槌に対して、我は母の形見である白銀のステッキで抵抗した。その内、父の鉄槌はだんだんと我がステッキに取り込まれてなくなってしまい我がステッキは今のように黄金になった。なぜか父は我と争っているときうれしそうだった。我は、最初父が我を傷つけることがうれしいのだと思っていた。だが、本当の理由は、我と争っているときには父は人間を苦しませずにすむことがうれしかったのじゃ。闘い疲れて我が動けなくなると、父はとどめを刺すでもなくあきらめたような顔をして人間界に下りていった。そのために、人間界には幸福な時期がくれば必ず次には父が人間界に下りていく不幸な時期がやってくる。だが、不幸な時期の後にもまた父が冥界にもどるために幸福な時期がやってくる。我は、それでもよかった。仕事にかかりきりでかまってくれないよりは、まるでカウンセリングのように我と闘うことで気分転換をはかって父が元気になってくれることがうれしかった。しかし、そんな日々も長くは続かなかった。父はある日、自分が抱え込んだ苦悩が転移して我が体内に蓄積されていることに気づいてしまったのじゃ！

最初はうっすら黒いだけだった十六枚の羽がだんだんと暗黒空間とつながりかねないほど黒くなったときから、父は我との闘いをさけるようになった。我は全身が真っ黒になって魔界に落ちても、それで父が救えるのならかまわなかった。父に捨てられたと思った我は荒れた。それまで、たとえ闘いの形であっても続いていた父との絆が切れてしまったためじゃ。気づいたときには冥界親衛隊との闘いに敗れて、極寒地獄コキュートスに落とされていた」

だまって聞いていたシンガパウムが言った。

「メギリヌよ。善と悪の境界線をはっきり引くことなどはできないのだ。まだお主はやり直せる。私にはお主に正しい心を感じる。お主の母も父もお主が暗黒の氷天使になることなどは望んでおらぬであろう。何のあたたかみもない絶対零度の暗黒空間に落ちてしまえば、永久に心まで凍りついてしまうぞ。寒い冬が過ぎれば暖かい春が来る。冬の時代に耐えることを学んでこそ春をよろこんで迎えることができる。お主の父レイデンが人間に悩みを与えるのも、苦しみを乗り越えることで成長してよろこびを得ることを学ばせるため。苦しませること自体が目的ではないのだ。たしかに人間は弱い。苦しみに押しつぶされそうになったり、乗り越えられない時もある。だが、そのために人間には家族や仲間がいるのだ」

「知ったようなことを……」

「私も仕事にかかり切りになって母を失ったナオミとの絆を失いかけた時期がある。もしかしたら私の娘がお主のようになっていたかもしれないのだ」

「冥界や天界にまで知られた鬼神シンガパウムとも思えぬ長広舌じゃな。昔話に花を咲かすとは年を取ってもうろくしたか?」

3 最初の闘いの決着

「たしかに……闘いにあたって道理を説くなどとは柄にもないことをした。メギリヌよ、闘って敗れれば、我らが軍門に下る約束は忘れておらぬであろうな？　闘って雌雄を決する方が先であった」

「それでこそシンガパウム。そちらこそ我が勝てばアポロノミカンをいただくことを忘れてはおらぬであろうな」

「言うまでもない」

ガオーーン！

シンガパウムが咆哮を上げて伸び上がると、一気に身の丈が数メートルにもなったかのように感じた。

いきなり方向転換するとそびえ立つ巨大な氷柱に一撃を加えた。

その一撃は氷柱があたかも固まりきっていない土壁かのようにめり込んでいった。バランスを保っていた氷柱が、メキメキ音を立てると倒れた。崩れた氷柱はかき氷状になると、一気に轟音を立てて竜巻になった。

シンガパウムは振りかぶると竜巻を別の氷柱に投げつけるしぐさをした。次の氷柱が崩れて新しい竜巻が出来た。次々同じことを繰り返すとメギリヌを囲んで数個の巨大な竜巻が出来た。それは水流を含んでおり、まるで渦巻きのようだった。シンガパウムがその内のひとつに飛び乗った。

「準備はできたぞ」

「氷天使の能力とマーライオンの能力。どちらが上か力比べと行こう」

シンガパウムは息を吸い込むとオーケストラのコンダクターが指揮棒を振るように腕を動かした。次々と竜巻をメギリヌにぶつけていく。

メギリヌも負けてはいない。本気のときしか使えない技コールド・ファイア。メギリヌがはばたきで「冷たい炎」を送ると一瞬で竜巻が凍りつく。超高熱の白熱とは逆に、白い炎はすべての熱を吸い込む堕天使の秘技。凍りついた竜巻はコントロールされてシンガパウムに向かっていく。

シンガパウムは右から来た氷柱を右手で砕くと、今度は左手で轟音を立てる竜巻をぶつける。左から氷柱が来ると、今度は右手でメギリヌに竜巻をぶつける。永遠にその繰り返しが続くかと思われた。

だが、そうではなかった。コールド・ファイアによって一瞬にして竜巻を凍りつかせられるメギリヌに対して、いちいち氷柱を砕くシンガパウムのダメージの方が大きかった。だんだんと爪が割れ、毛並みが乱れ、手にも傷が目立ち始めた。

「ククク、大言壮語した割にはそのざまは何じゃ。あと何度、我がコールド・ファイアにたえられるかな」

ガオーーン！　シンガパウムが再び一声吠えた。

4 氷と水

神獣同士にだけ通じるメッセージでシンガパウムが何かをジュニペロスに伝えた。三番目の首の右目を傷つけられてぐったりしていた魔犬ジュニベロスがすっくと起き上がった。

向かってくる氷柱を砕き続けていたシンガパウムが、自分が乗っていた竜巻に沈み込んだ。同時に、向かってきた数本の氷柱が竜巻の中に吸い込まれた。

スキをつかれたメギリヌに、巨大な竜巻から手に氷柱を持ったシンガパウムが飛び出した。グサリと二本の氷柱がメギリヌの羽の中央に突き刺さった。そのままメギリヌの裏に回ると羽交い締めにして動きを封じる。

そのときジュニベロスは、冥界でメギリヌに右目をつぶされた父ケルベロスがしたように足下に落ちていた右目をガリガリと食べた。

アオーーン！

一泣きすると、ジャンプして動きの取れないメギリヌののど笛に食らいついた。

氷天使メギリヌには流れる血潮はない。

だが、不思議なことに暗黒の邪気にあふれていたメギリヌの身体がだんだんと純白に変わっていく。最初は身体、次に顔が、最後に変身前から真っ黒だった羽までが白くなっていった。

これこそケルベロス一族が冥界の門番役を与えられている秘密であった。彼らは三首の口から発する瘴気によって、神々でさえ意識を失わせて牛よりも巨大な体躯と狼よりも鋭い牙によって噛みつき振り回して、冥界親衛隊の前に引き出す力がある。同時に、悪に染まりつつあるがまだ正義の心が残ったものから悪の力を吸い取る力も持っている。そんなことをすれば普通なら自分が命にもかかわる行為だが、ケルベロス一族は吸い取った悪のエネルギーを療気の源として体内に蓄積することができる。ケルベロスは、ユング精神分析学風に言えば影の人格である「シャドウ」を体内に取り込んで悪を持って悪を制するペルソナであるのかも知れない。

長い時間だったようだがジュニベロスがメギリヌののど笛に噛みついてから数分しか過ぎていなかった。

純白の美しい氷天使となったメギリヌががっくりと膝をついた。

ジュニベロスが勝利の雄叫びを上げた。

アォーーン！

そのときタンタロス空間の冥界の門の前にいた父ケルベロスも、息子が父の復讐を果たして魔女に勝利したことを知った。

ガォーーン！

二匹の叫びは、冥界、天界、海神界のみならず人間界のすべてにまで長くこだました。

「どうやら勝敗がついたらしい。約束通り神導書アポロノミカンの所有権は移動しない。純粋な氷天使になったリギリヌのことは気がついたら、処分をシンガパウム殿にまかせることとしよう。さあ、次の部屋に移動しよう。こちらはさっき言ったようにスカルラーベ将軍を闘わせる。悪魔姫よ。そちらは誰を闘わせるのだ？」アストロラーベが言った。

「『酔わすもの』蛇姫ライムがふさわしいであろう。ライムは闘いの神カンフの娘。冥界親衛隊将軍で「荒ぶるもの」スカルラーベの相手にこそふさわしかろう。ただし、ゴルゴン三姉妹で唯一殺すことが可能だったメデゥーサの姉で不死身のエウリュアレの遠縁でライム自身も不死身。どうやって闘うか見物じゃ」

すでに異次元空間同士をつなぐミラージュの秘法が残り時間が四百四十四分間となっていたことに気づいていたのはマクミラだけだった。

もしもタイムリミットになってしまえば、何が起こるのか秘法をおこなっているアストロラーベ自身にもわからなかった。

5　第二の部屋

全員が虹のうずまく部屋に入った。

あまりの光の流れのすさまじさに、何が目の前にあるのかわからない。これもアストロラーベの作戦で、光の渦でほとんど輪郭しかわからない状態であれば蛇姫ライムの魔眼によって自陣営が石に変えられてしまう心配もない。

もともと盲目のマクミラは心眼ですべてを見切っていたが、どうにもアポロノミカンの予言が気になっていた。

すべてを燃やし尽くす蒼き炎が
すべてを覆い尽くす氷に変わり
猛々しき白骨が愛に包まれて石に変わり
冥界の神官が一人の人間の女に変わる時
巨大な合わせ鏡が割れて
太古の蛇がよみがえり
新たなる終わりが始まりを告げて
すべての神々のゲームのルールが変わる

ここまでは予言通り。

さすが天才軍師だけあってアストロラーベの読みによって、最悪と思われた氷天使メギリヌとマーメイドのナオミの勝負はこちらの勝利に終わった。だが、「猛々しき白骨が愛に包まれて石に変わり」

が現実になるなら、スカルラーベは精神世界で石の彫刻となる運命ではないか？

しかし、一振りで千の魔物の首をはねとばす大鎌を背負ってはげ頭に筋骨隆々とした体躯をドクロでできた鎧につつむスカルラーベは、ひさびさに闘えると張り切っている。相手を待ちきれずに中央に進み出る。

蛇姫ライムは、あやしげな微笑みを浮かべながら中央に進み出る。

「まだパフォーマンス・フェスティヴァルは終わっていなかった。第五幕は、月の光に映える灰銀色の海は、無慈悲な月の女神アルテミスの涙の刻だったな。太陽の化身たちを救うために、冥界から助っ人がやってくる。それでも魔女陣営と太陽の化身陣営の力は甲乙つけがたく決着がつかない。フフフ、蛇の舞にて続きをお見せしてしんぜよう」

ライムは、「遠くへ飛ぶ女」の母エウリュアレ譲りの青銅の腕と黄金の翼によって誰よりも速く飛ぶことができる。高く飛び上がると空中で踊りを始めた。ベリーダンスでいうところのスネークアームが始まった。正面のスカルラーベ以外にはぼんやりとしか見えなかったが、狂おしいほど魅惑的な踊りだった。最初は両手の二本のはずが、四本、八本、十六本、三十二本とアームの数が増えていった。

そんなバカな……俺の目か、それとも頭がおかしくなったのか？

スカルラーベの目や頭がおかしくなったのではなかった。蛇姫ライムが自分の髪の毛をまるで分身のように左右に踊らせていたのだった。

「さあ、こちらから行かせてもらおう」

6 不死身の蛇姫ライム

いっぺんに数十匹の毒蛇がスカルラーベに襲いかかった。普通なら相手がもだえ苦しむのを見ながら勝利の舞を踊るライムであったが、ドクロでできた鎧に阻まれて蛇の鋭い牙もまったく歯が立たない。

「なんだ、それは？　蚊にさされたほどにも感じぬぞ。それではこちらからも行かせてもらうとするか」

ブーーン！

ものすごい音を立てて、冥界一の切れ味を持つ大鎌がライムの首をとばした。

口ほどにもない。あっさり勝負アリか。

そう思った瞬間、スカルラーベは鎌に目を閉じたライムの生首が乗っかっているのに気づいた。鎌の上に乗ったライムの首の眼が開いてニッコリ微笑んだ。「口ほどにもない。これで勝負アリとお思いか？」

スカルラーベの目の前でライムの髪から生み出された毒蛇たちが、スカルラーベの鎧の隙間から筋肉に向かってうねうねと動き出した。

だが、スカルラーベはまったく動じない。

ニヤリと笑うと、サラマンダーの女王ローラの息子としてのパイキネシスを使って口からインフェルノを自らに吹きかけた。千、二千、三千、四千度、さらに炎は数千度を突破すると一万度にせまっていく。毒蛇たちは冥界の業火によってボロボロになると下に落ちていった。インフェルノをはきおえるとスカルラーベはライムの首を身体の方に放り投げて乗せた。

「ストライクだな」

「一応、礼を言っておこう」

他の立ち会い人たちには流れる虹の輝きのせいで何が起こっているのかよくわからなかったが、心眼ですべてを見ていたマクミラはあきれはてていた。

いったい何なの、この二人は。まったくノーガードの撃ち合いじゃないの。戦闘能力だけならたしかに冥界親衛隊将軍のスカルラーベ兄さんは神界でもダントツの強さだし、ライムも父が闘いの神カンフでおそろしく強いし、母がゴルゴン一族のエウリュアレで不死身だから負けようがないけれど。でも不思議。闘っている二人が楽しそうに見える。

「まだまだ楽しませてあげたいけどお主には敬意を表して我が秘技トータリー・アンエクスペクテッドで勝負をつけさせていただくとするか」

ライムは怒りに身をまかせて変身すれば、青銅の顔にイノシシの牙を見せ、髪のすべてが蛇になり、口からは長い舌が垂れ下がる。その姿を見たものは誰でも血も凍る恐怖によって石に変わってしまう。だが、普段はネプチュヌスの愛人であった美しかった頃の叔母メデゥーサにうり二つの姿である。

「一度でも見たものをすべて石に変えるゴルゴン一族の秘技か……どうせ生まれついたからには、どこかでいつか死ぬのが定め。俺様にその秘技が通じるかどうか試してみるかよい。だが、その美しい顔が醜い恐怖の仮面になるとは哀れなことよ」

その瞬間、それまでの微笑みが消えてライムの顔色が真っ青になった。

「貴様、なんということを……」

7 蛇姫ライムの告白

「何か気にさわったか？　敵を倒すために醜い顔になる。だが、勝利とはつねに何かと引き替えではないのか」

「わかったようなことを……気に入らなかったのは醜いうんぬんというセリフではない。どうせ生まれついたからにはどこかでいつか死ぬのが定めという貴様が軽々しく言ったセリフの方じゃ。冥土の土産に言って聞かせてやろう。おっと、貴様は元々冥土から来た存在。死ねばどこに行くのは死んだ後に貴様の魂に聞くとするか。よいか、あまり知られていないことだが、我が母エウリュアレと叔母ステンノはメデューサが首をはねられて軍神アテナの盾にはめ込まれてから、美しい堕天使として降臨を許されたのだ。ふん、神々にも多少はやましい気持ちがあったと見える。そして母は闘いの神力ンフと契りを結び我が生まれた。だが、母と伯母たちにかけられた愛の呪いは我が身に受け継がれたのじゃ」

「愛の呪いだと!?」

「我が問題にしたいのは、いったい神界の連中は自分の罪を数えたことがあるのかということだ」

「自分の罪を数える？」

「そんなことも知らないのか、骸骨顔のくせに？　話を戻すぞ。叔母メデューサは美しいブルーネットの髪で知られていた。そのために海主ネプチュヌスの寵愛を受けた。しかし、白馬に姿を変えた海主と神殿で交わっているとき海主の妻アンピトリテの怒りを買って醜い姿に変えられてしまった。逆恨みに抗議した二人の姉妹エウリュアレとステンノも同じく醜い姿にされてしまった。さらに、忌まわしいのは醜い姿に変えられた三人を見たものはすべて石に変わってしまうことだった。だが、ポリデスク王に結婚祝いにメデューサの首を持ってくると約束した脳天気なペルセウスは、メデューサは存在自体が悪だとか勝手な理屈をつけて伯母を殺しに来た。それなら、なぜメデューサだけを狙ってエウリュアレやステンノには近づかなかったのだ？　言うまでもない。二人が不死身で勝ち目がないために、三姉妹の中で唯一殺すことが可能だったメデューサだけを英雄になるために犠牲にしたのだ。ペルセウスの罪はそれだけでない。唯一三姉妹の行方を知る一つ目と一つの歯を三人共同で使っていた遠縁の老婆たちグライアイを、居場所を言わねば彼女たちの目と歯を奪うと脅して行き先を聞き出したのだ。心優しいメデューサ、エウリュアレ、ステンノの三姉妹は、犠牲者を出さぬように西方の死者の国へスペリス庭園の近くでひっそり暮らしていたのだぞ。誰も訪ねてこない場所で静かに暮らしていたメデューサをわざわざ探し出し殺しておいて何が英雄だ！

さらに神々は、メデューサを殺すためにペルセウスに最大限の援助をした。ヘルメスは青銅の鎌形刀、プルートゥのかぶると姿の見えなくなる兜、さらに切った首を入れる魔法の袋キビシスを与えた。ステュクス川のニンフ達は翼のあるサンダルを貸し出し、軍神アテネは表面が鏡である青銅の盾を与えた。特に許せないのはあの女だ。メデューサの首を誇らし気にはめ込み無敵の盾アイギスなどと、はずかしげもなくのたまう始末。なぜ神々がそんなことをしたと思う？　罪のない三姉妹を醜い姿にしたことにやましい気持ちがあったことの裏返しだ。自分たちで見たものすべてを石に変える呪いをかけておいて、いつの日か三姉妹が復讐に立ち上がるのではと疑心暗鬼になったのだ。だが、そんなことが起こるはずはなかった。メデューサは醜い姿になってから連絡をしてこなくなった薄情なネプチュヌスを思って泣き暮らしていたからだ」

8 さあ、奴らの罪を数えろ！

「叔母メデューサは醜くなった姿を見られるくらいなら、死んだ方がマシだと自分自身で石になるための鏡を肌身離さず持っていたくらいなのだ。さあ、奴らの罪を数えろ、スカル仮面！　自らの野心のために何の力もない老婆三人を脅迫して、罪のないメデューサを自らの勝手な理屈で殺したペスセウス。もてあそんだ恋人を救おうともせず見殺しにしたネプチュヌス。自分たちの気まぐれで罪を与えたのみならず共犯に手を染めた他の神々。死者を悼むどころか、自らの武器として恥ずかしくもなくメデューサの顔を矛にはめ込み悦に入っていた軍神アテネ。自らの猜疑心の虜となってメデューサを殺しておいて、勝手におそろしい化け物として語り継いだものたち。さあ、誰が一番罪深いか数えてみろ！

だが、呪いは叔母メデューサの死によっても終わらなかったのだ。ゴルゴン一族は皆美しい姿で生まれ落ちてくる。我が父と母も、誕生時には美しかった頃のメデューサそっくりの我を見てほっと胸をなで下ろした。本当の呪いは我が愛を知るころになって再び戻ってきた。妖艶な美しさを持っていたため我は、神々、堕天使、さらに人間まで愛を捧げるものにはことかかなかった。だが、呪われた身の上を知るとすべての男が離れて行った。愛を一度は得ながら捨てられる。それだけでも堪え難き苦痛なのに……怒りに我を忘れた瞬間、青銅の顔にイノシシの牙を見せ、髪のすべてが蛇になり、口からは長い舌が垂れ下がる姿に変身してしまう。その姿を見たものは血も凍る恐怖によって石に変わってしまう。愛しているがゆえの怒りに囚われたとき相手を物言わぬ石に変えてしまうつらさがお前にわかるのか？　それからだ。もう誰も愛さぬと決めたのは。それでも、魔神スネール様はそんな我にやさしくしてくれた」

「話はそれだけか？」

「はあっ？」

「話はそれだけかと訊いているのだ。お前など俺から見ればまだまだだよ。少なくとも愛の喜びを知っているのではないか？　別離の悲しみに苦しんだことがあるのではないか？　愛するものを失った苦しみを経験したことがあるのではないか？　自慢ではないがこの俺は愛がなんなのか一切わからない。生まれてから、誰を愛したこともなければ、愛されたこともなかったからな。一度は死ぬというセリフが気に入らないだと？　よくも言えたものだ。愛を知らずに闘いだけの一生を生きることのどこが気に入らない？　スカルラーベ様が本当にお前が不死身かどうか試してやろう。滅多に見せない秘技でな」

9 ライムの受けた呪い

　スカルラーベが身構えた。

　まるで目の前の空気をつかもうとするかのように、交差して突きだしたスカルラーベの両手がブルブルと震えている。だんだんとその爪が青白い光を帯びてゆく。すると巨大な岩でもひっかくように後ろ側へ、その爪が今度はゆっくり左右に開きながら引っ張られていく。

　ムッ、まずい。

　アストロラーベは呪文をつぶやくと立会人たちを守るための思念バリアを張った。彼らを囲む半透明の幕がギリギリのタイミングで現れた。

　次の瞬間、スカルラーベが叫ぶと引っ張られていた腕の掌を返して目の前の空気を前方上空へ引き裂いた。

　秘技スーパー・バックドラフト！

　たちまち回りの空気が吸い込まれるようになくなって、ライムの姿が真空中に囚われたように見えた。次に、ライムを中心として強大なコロナが誕生した。

　バックドラフトは火事現場で見られる現象であり、ロン・ハワード監督のシカゴの消防士たちを描いた同名のハリウッド映画で有名になった。

酸素を消費しつくした密室空間に蔓延した可燃性ガスに新鮮な空気が急に入って爆発的炎が引き起こされる現象である。通常の爆発でも千度を越えるがスカルラーベの創り出す超バックドラフト空間では一万度を越える高熱を発して、中心にいたものは最悪の場合、異次元空間にまではじき飛ばされてしまう。

ドッカーン！

大音響の後、一面が炎に包まれた。精神世界と分かっていてもアストロラーベの思念バリアで守られていても、立会人たちも自らが照り焼きになりかねないほどの熱気を感じた。

まるで巨大新星がスーパーノヴァを起こしたようであった。しばらくは光の流れのせいで見にくかったが、だんだんと中心部に何かがいるのが見えて来た。

まるで閉じられた黄金の二枚の羽に包まれた、巨大な椋鳥のように見えた。椋鳥がゆっくり羽を開くと蛇姫ライムの姿が中に現れた。

羽がやや黒ずんだ印象を受けるが、顔には傷一つ付いていない。

「秘技などとたいそうなことを言うので、今度こそ死ねるかもしれないかと思ったが……しょせん、たわごとか」そこまで言うとライムが怒りの表情に変わった。「さあ、他の者どもはしばらく目を閉じておくがよい。スカルラーベ、覚悟はよいか。本当の秘技を見せてやろうではないか。トータリー・アンエクスペクテッド！」

ライムの顔が、瞬時にして青銅に変わりイノシシの牙を見せて、髪のすべてが蛇になり、口から長い舌が垂れ下がった。その姿を見たものは血も凍る恐怖に石に変わってしまい、一生を物言えぬ存在に変えてしまうはずだった。すでに美しい蛇姫の姿に戻ったライムが唖然として立ちつくしていた。

第12章

1 ライムとスカルラーベの闘いの果て

石になったスカルラーベがゆっくりとだが動いていた。

「お前は不死身を呪いと考えているようだが、俺などずっと生きながら死んでいた。というよりも死にながら生きていたというか」喋りにくそうにそう言うと身構えた。「元々、俺は骸骨の鎧の方が本体で筋肉は見せかけだった。それが石に変わろうとどれだけの違いがあるのだ。さあ二回戦といこうか」

大鎌を振り回そうとしたスカルラーベが気がついた。

蛇姫ライムの顔が光っていた。涙が彼女の顔を覆っていたせいだった。

「ああ、ついに見つけた。変身後の顔を見ても死なせずにすむ相手を……」そう言うとライムはスカルラーベに抱きついた。「誰にも殺させない、スカルラーベ殿。嫌われてもよい。我がこれからずっとあなたを守る！」

ライムの涙が石になったスカルラーベの鎧にポタポタとかかった。すると激しい七色の光が起きた。光が消えると禿頭に骸骨顔だったはずのスカルラーベが、冥界の貴公子と呼ばれた兄アストロラーべに勝るとも劣らぬ美丈夫に変身していた。

「スカルラーベ殿、その顔は……」

ライムに言われて初めて気づいたスカルラーべが手を顔に当てる。「呪いが解けたのか、母ローラの受けた愛の呪いが……」

立ち会い人たちには、いったい何が起こったのか理解不能だった。

すべて計算づくのアストロラーべだけがしたり顔でながめている。

「悪魔姫よ、どうする？　闘いを続けさせてもよいが、どうやらライムには闘いを続ける意志はないようだな」

「この勝負は引き分けでよいであろう。スカルラーべが何と言うかは知らぬが」

「将軍殿、どうする？」アストロラーべが尋ねた。

「闘いの間ずっと思っていた。ライムほど正直な心を持った女はいない。そして変身する前も変身した後も、これほど美しい女を俺は知らない」

「よし、不満はないな。この勝負は痛み分け。ミスティラの運命は自らに委ねる。ライムの運命もまた自らに委ねる」

マクミラは思った。

さすがアストロラーべだ。冥界一の軍師で、魔法使いで、裁判官でもある。そっと話しかけた。「兄上様、ここまでの展開を読んでいたのでしょう」

「このような結果は正直まったく予想していなかった(totally unexpected)。だが、解けたのはスカルラーべの呪いだけでない。蛇姫ライムの呪いも解けたのだ。おそらく闘いの最中スカルラーべの目は涙でいっぱいだった。涙でぐしゃぐしゃになったスカルラーベの目には変身後でもライムは美しいままに映っていたに違いない……なあ、マクミラよ、愛とは何だと思う?」

「軍師殿とも思えぬ質問をよりによってこんなときに……そんなもの定義する価値もない」

「お前らしいな。マクミラ、私はこう思う。愛とは相手に同じ気持ちになってもらえるなら、その他すべてにきらわれてもかまわないという願い。そして私もお前もスカルラーベも、それを手に入れているんじゃないか」

「……」

気がつくと、スカルラーベが第一の部屋よりも早く勝負をつけたおかげで残り時間は三百三十三分間だった。

2 責任の神の娘

「第三の部屋へ移動しよう」アストロラーベが土煙あふれる部屋に皆を誘う。

「誰が私の相手をしてくれるのだ?」

「冥界最高のネクロマンサーで『あやつるもの』アストロラーベには、冥界の道化師で『悩ますもの』リギスとの魔術対決と行こう。準備はよいか?」ドルガが答える。

「待ちかねていたでありんす。冥界時代の力が使えぬマクミラよりアストロラーベは数倍歯ごたえある相手。わっちと遊んでおくんなんし。リギス一世一代の歌声をお聞かせすることにありんしょう」

責任の神シュルドの娘リギスは、その竪琴の音色が神々や神獣さえ虜にしたオルフェウスの遠縁。オルフェウスにはアポロンの落とし子という噂があり、アストロラーベにとってもたやすい相手ではなかった。

全員が部屋に入ると目を開けていられないほどの土煙が荒れ狂っていた。「見届け人がこれでは困ろう」アストロラーベが右の掌を向けると、彼らの回りだけ土煙がおさまりカプセルにおおわれたようになる。

「よいのでありんすか？　エネルギーをずっと使うことになるでありんすえ」リギスが皮肉に言う。

「なんの。残留思念を使えば一瞬で事足りる」

「さすが女にもてるはずでありんす。だが、忘れてはいないでありんすな？　この闘いの貢ぎ物はお主の妹ミスティラ」

「念を押すまでもない」

マクミラは思った。兄アストロラーベと闘おうとは、命知らずのおろか者。

アストロラーベの必殺技はただ一つ、半透明の槍。本当の強者は一つの技しか使わない、使えない、使う必要がない。プルートゥからかぶると透明になる兜を直々に賜ったアストロラーベは、冥主の許可を得て兜をつぶして半透明の槍を作った。

槍は二つの点でおそれられていた。一つは槍を動かすとアストロラーベの姿が透明になるだけでなく、本当にアストロラーベの気配が消えてしまう。彼自身が語らないため理由はわからないが、槍の力で短時間なら異次元に移動できるではないかと噂されていた。

第二に半透明の槍には不思議な力があり、突き刺されると冥界の四つの川の水が注ぎ込む。それぞれ異なった効果を持っており、ピュリプレゲドンの水が入ると相手の身体が燃え上がり、ステュクスの水が味方に入ると攻撃に対し恐れ知らずになり、アケロンの水が入ると短時間で相手の命が失われ、レテの水が入ると相手の記憶が失われた。アストロラーベの持つ半透明の槍は、「鬼に金棒」どころか一つで「弁慶の七つ道具」と言えた。

3 リギスの戯れ歌

実は、冥界の川の水には膨大な脳内物質が含まれていたのであった。

ピュリプレゲドンの水の成分は、恐怖を感じる「闘争か逃走の物質ノルアドレナリン」と怒りを起こす「興奮物質アドレナリン」。その水が身体に入った相手は恐怖と怒りに引き裂かれて燃え上がる。

ステュクスの水には、落ち着きをもたらす「癒しの物質セロトニン」と恍惚感をもたらす「脳内麻薬エンドルフィン」が大量に含まれている。その水が身体に入ると落ち着きと恍惚感に引き裂かれた味方は痛みを感じなくなった。アケロンの水には、ひらめきを起こす「記憶と学習の物質アセチルコリン」と「不安と恐怖を換気する物質ノンアドレナリン」が含まれている。その水が身体に入るとひらめきと恐怖に引き裂かれて相手は命が燃え尽きた。レテの水には眠気の「睡眠物質メラトニン」と快感を引き起こす「幸福物質ドーパミミン」が大量に含まれていた。その水が入ると眠気と幸福感の中で相手は過去の記憶が失われるのであった。

「まだフェスティバルは中途でありんす。第六幕、漆黒の闇を写す黒色の海は、冥王プルートゥの支配の始まり。魔神の超能力によって闘いは、精神界に場を移すはずでありんしょう。精神体となった両陣営は、本来の超能力を使って死闘を繰り広げるでありんしょう。観客の数は減ったけどお客様は楽しませないといけないでありんす」リギスが言った。

リギスが、オルフェウスの竪琴を取り出して歌い出した。

ラララ、鏡よ、鏡
いにしえの魔女は、この世の中でもっとも美しいのは誰と問いを発した
だが、いったいお前に誰がもっとも美しいと決めることができるのか？
ラララ、鏡よ、鏡

この場にいる魔女の中で、誰がもっとも美しいかと聞いてみようではないか
だが、いったい誰がもっとも美しいと決める権利を持っているのか?
ラララ、鏡よ、鏡
美しさなど、うつろいやすい外見にすぎず永遠など幻なのではないか
だが、お前はそれでも今の美しさを自分が映すと言い張るのか?
いいだろう
逢わせ鏡の合わせ鏡
無限回廊に映し出される現人の現身
何が真実なのか
何が幻なのか
永久に言い張り続けるがよい

ガシャーン!

リギスが歌い終わった瞬間、天が裂けて土煙にガラスの破片が降ってきた。破片はあっというまに数千の鏡となって散らばった。

4 唄にのせた真実

「アストロラーベ。土煙空間で有利に勝負を展開するつもりだったのでありんしょうが、こちらも鏡地獄で対応させていただくでありんす」

「よいのか？　鏡はお主の本当の心も映してしまうかも知れぬぞ」

「どういう意味でありんすか？」

「お主が『悩ますもの』になったのは父であられる責任の神シュルド殿へのコンプレックスであろう。もう呪縛から解き放たれてもよい頃ではないか？」

「大きなお世話でありんす。冥界の貴公子と呼ばれても未だに振られたマーメイドに操を立てている軟弱者に言われたくはないでありんす」

「挨拶だな。私のことはなんと思われてもかまわないが、お主が『悩ますもの』になった由来には興味がある。お主の気まぐれには何か一本筋が通っている（There is a method in your madness.）。お主が唄姫で冥界の道化師ならば、ひとつ歌って聞かせてはくれまいか。それともお題をもらうのは苦手か？」

「よいでありんす。死に行く相手を楽しませてやるのも一興でありんす」

ラララ～、責任の神は働きもの
いつでも人間たちに責任感を与えていた
責任感に悩む者だけが
世の中を動かすことができる
責任感に悩まぬ者は
冥界でそのツケを払わせられる
悩むことで、苦しむことで、人間たちを成長させていた

ラララ～、責任の神は恋に落ちた
美しいが誰にも愛を与えぬ堕天使との
悩むことを知らぬ堕天使マーサとの
初めての愛に責任の神は夢中になった
そして堕天使マーサはふたりの
愛の結晶歌姫リギスを生み出した
責任の神は、娘の唄を聞くことで、いつも疲れをいやしてた

ラララ～、責任の神はついてない

いつのまにか人間たちは変わってしまった
責任を与えても他人に転嫁するものばかり
責任感はどこにもなくなった
責任を与えれば与えるほど善人ばかりが苦しむ
責任転嫁をすることで悪人ばかりがさかえる社会

ラララ～、責任の神はおかしくなった
仕事をすればするほど、おかしくなった
どうしてよいかわからずに愛を求めたが
愛する堕天使マーサは見つからなくなった
せめて娘の癒しに救いを求めたが
放蕩娘はコミュートスに落とされていなくなった
こうして責任の神は自らの無責任さに耐えられずおかしくなった
だからもう人間たちは、悩むこともなく、好き放題

5 アストロラーベの回想

「やはり責任を感じていたか」アストロラーベが言った。「シュルド殿が叱責を受けたのはお主のせいではない。シュルド殿からは娘を救ってやってくれと頼まれているのだ。闘いを止めて降参するつもりはないか、リギスよ」

「おろかでありんす……自由を求める歌姫に道理を説くとは。冥界の貴公子ではなく冥界の詭弁士とでも名前を変えてはどうでありんすか？」

「挨拶だな。よかろう。久々の闘い、もしやこれが最後になるやも知れぬ。道理を説くのは勝負の後とすべきであったな」


はたして何百年ぶりだろうか、戦士として闘うのは？

不安と期待感で、全身の体毛が逆立ってくるのがわかった。

同時に、リギスの魔力の強さを感じて心の警戒警報が大きな音を立てて鳴りだしていた。しかし……不思議だ。おそろしいほどの闘気を感じながら殺気を感じない。もしやリギスは魔女を気どっているだけか？　あるいは、純粋に闘いの楽しみを求めているだけか？

大将軍ヴラド・ツェペシュの下で闘っていたときアストロラーベは闘うことを禁じられてしまって

いた。今、父と交わした思念を思い出していた。魔女たちにこだわりを語らせておきながら、自分自身のこだわりについて語ることは彼の美学が許さなかった。

〈アストロラーベよ。お前は、闘いには向いておらぬな。いや、無能と言っているわけではない。それどころか、偎の言いたいことは真逆〉ヴラドは一呼吸置いた。〈軍師としてたぐいまれなる才に恵まれ戦士としての資質もまたけた外れ。だが、闘いに美学を持ち込もうとする。簡単に勝てる相手にあえて全力を尽くさなかったり、実力伯仲の相手にも芝居がかった手を使ったりする。半透明の槍を使えば無敵なくせに、この間の魔神との闘いの最中には炎のバラを飛ばし無用な危険を侵している。冥界の貴公子などと呼ばれていい気になっているのではないか。ひとたび勝負に挑んでは、戦士はつねに鬼神であるべき。じゃが、しょせんお前は鬼神にはなれん。闘いに夢中になりすべてをかけられるスカルラーべに今後の闘いはまかせるがよい。お前には今宵をかぎりに闘いを禁じる。闘いを芸術と考えるお前はみにくい勝利よりも美しい敗北を選びかねぬ。父にはわかっておるぞ。それほどまでにアフロンディーヌとの別れがつらかったか？　わざと危ない橋を渡って死に場所を求めているな。何も伝えたくないか……よいであろう。今日の話の本題はそこではない。よいか。軍師としての闘いは自分自身が闘うより何倍も何十倍もツライ。指揮した軍を勝たせて当たり前、負ければすべての責を負う。それだけではない。一人の犠牲もなしに圧勝しても軍師は楽でよいと陰口を叩かれる。よいか、叩きたいものには叩かせておけ。冥界はいつかの日か想像もできない危機を迎える。そのとき勝利を収めるためにはレベルの違う軍師が必要じゃ。軍師は孤独だが、それで犠牲を最小限にできるなら安いもの。そして、その役をこなせるものはお前以外にはおらぬ）

6 勝負開始

アストロラーベが気を取り直して言う。

「唄姫よ、鏡をはりめぐらして我が半透明の槍を使った秘技を封じたつもりか？　だが、透明になれば鏡があろうとなかろうと私の姿を見ることはできないぞ」

「何もわかってはいないでありんすな、冥界の軍師」リギスが応じる。「鏡を用意したのは秘技ファントム・パラダイスを使うためでありんす」

リギスが高々と両腕を高く上げた。

ファントム・パラダイス！

リギスの全身が光につつまれた次の瞬間、そこにいたのは数千の鏡に写ったマクミラだった。

「妹の姿になれば、このアストロラーベが気後れするとでも思ったのか？」

「バカなことを、お兄様」リギスが、マクミラのハスキーボイスで答える。「闘ってみれば、そんなことが狙いでないのはすぐにお分かりいただけます」
「よかろう。魔術には魔術で応じるが礼儀。そちらがシェイプ・シフターなら、こちらは奥義ボーダー・クロッシングで応じるとしよう」
そこまで言うとアストロラーベが呪文をとなえ始めた。

あなたの悪夢が私の夢になる
私の悪夢があなたの夢に
いざ、つむぎだす言葉によって呪いを払わん
冥界の神官の姿を取った歌姫よ
我が妹マクミラの姿を借りたリギスよ
私を闘う芸術家と思っているのか
いや、そうではないのだ
私は闘う芸術そのものにならん
奥義ボーダー・クロッシング！

呪文をとなえながらアストロラーベが半透明の槍をゆらゆら動かすにつれて、その姿が半透明になっていく。その姿が今にも完全に透明になろうとしたとき。マクミラの両手に握られた真っ赤な鞭が、

一閃した。

バチーーン。

鞭の先が何かを捕らえた。アストロラーベの肩であった。

ファントム・パラダイスを使っているときのリギスは自分以外になれるだけでなく、その能力まで自分のものにできる。リギスはマクミラの心眼によってアストロラーベの居場所を感じていた。鞭が当たった肩が裂けて冥界の業火が吹き出していた。まさしくマクミラの編み出した必殺技ピュリプレゲドン・フィップであった。

7 逆襲、アストロラーベ！

「ダメージを与えたつもりか？」アストロラーベにこたえた様子はない。「私もサラマンダーの血を継ぐもの。冥界の業火は逆に力を与えてくれるわ」

「お兄様、お分かりになりませぬか？」リギスがマクミラの声で言う。「それは本当の狙いではありません。お手元をご覧くださいませ」

言われたアストロラーベが半透明の槍を見た。中身がゴボゴボと音を立てて沸騰していた。

「これでどこに消えても現れた瞬間、音でわかりますわ。お兄様」

「さすがだな。マクミラの姿を取る以上、それくらいはしてもらわないと。今お前が沸騰させたのはアケロンの水だ。まだ他の三つの川の水が残っている。水を取り替えてしまえば、もう沸騰音など役には立たないぞ」

フン。アストロラーベが力を込めると業火が体内に引っ込んだ。同時に槍の内部がすんだ半透明に戻った。「今度の槍の内部は火の川ピュリプレゲドンから取ってきた水。地獄の業火程度では沸騰させることはできぬぞ」

「ククク、お兄様、楽しませてくれること」

マクミラの姿のリギスが、再び高々と両腕を高く上げた。

ファントム・パラダイス！

リギスの全身が再び光につつまれた次の瞬間、そこにいたのは数千の鏡に写ったスカルラーベだった。

「やれやれ、今度は将軍殿か。楽しませてくれるとはこちらのセリフよ」

「軍師殿と闘うのは夢でござった」スカルラーベの声でリギスがうそぶく。「いざ勝負とまいろう」

言うが早いか、巨大な鎌が一閃された。だが、アストロラーベは造作なく半透明の槍で受け止める。

激しいつばぜり合いが続いた。優男風のアストロラーベだがスカルラーベに力でもひけを取らない。

スカルラーベを思いっきりはじき飛ばして距離を取る。アストロラーベの漆黒のマントがビリビリと裂けて青い羽が左右にゆっくり広がった。半透明の剣が宙を切り裂いて青い炎が次々と生み出される。生命を持ったかのように炎は獲物を求める三つ首ドラゴンになった。

はじき飛ばされたスカルラーベも白いマントをビリビリと切り裂いて真っ黒な羽をゆっくり広げた。大鎌を振り回して、白炎を次々と生み出す。

鎌を一閃する度に炎の数がふえて、やがてひとつの兄弟な炎になりすべてを焼き尽くそうとする三つ首白色ドラゴンになった。サラマンダーの血の薄いマクミラの場合、出せる炎は摂氏三千度の熱。それに対してサラマンダーの血が濃いアストロラーベの炎が六千度、性格が母親そっくりなスカルラーベの炎は九千度から時に一万度さえ超える。

白色ドラゴンがアストロラーベに襲いかかった。

アストロラーベの青い三つ首ドラゴンが白い三つ首ドラゴンによって燃え尽きたように見えた。だが炎が消えたとき、そこにあったのは宙に浮かぶアストロラーベの姿だった。

8 スーパー・バックドラフト

「ムダだ。スカルラーベ将軍の力の源泉は怒りだ。単なる現身の熱ではサラマンダーの血を引く私を倒すことはできないと言ったではないか」

「軍師殿、狙いは兄上ご自身ではござらぬ。槍をご覧くだされ」

皆が槍をのぞき込むと沸騰しないはずの炎の川ピュリプレゲドンの水が蒸発してなくなっている。

「さあ、どうされます？　これで槍の力は残り二つ……」

「楽しませてくれるな」アストロラーベが再びフンと力を込めると、槍に新たな水が満ちる。「まさかここで我が技を自身に使うことになるとはな……」

落ち着きをもたらす「癒しの物質セロトニン」と恍惚感をもたらす「脳内麻薬エンドルフィン」が大量に含まれているステュクスの水が槍の中に現れた。それが身体に入ると落ち着きと恍惚感に引き裂かれた味方は痛みを感じなくなる。アストロラーベは槍を自分自身に突き刺した。

「さあ、もう残るは冥界の忘却の川レテの水のみ。勝負は私がお前の記憶を消すか、私がお前にやられるかだ」

「軍師殿、我が最大の秘技をまだ使っていないことをお忘れではあるまい？」

ライムが変化したスカルラーベが身構えた。まるで目の前の空気をつかもうとするかのように交差した両手の爪が動くとブルブルと震えて、その爪が後ろに引っ張られる。

次の瞬間、スカルラーベが叫ぶと腕が目の前の空気を上方に引き裂いた。

秘技スーパー・バックドラフト！

回りの空気が吸い込まれるようになくなって強大なコロナが誕生した。

ドッカーン！

大音響の後、一面が炎に包まれた。核爆弾が炸裂したかのような光の流れのせいで、中心部はまったく何も見えなかった。炎が燃え尽きた後、今度はそこに誰もいなくなっていた。

「軍師殿も我がファントム・パラダイスによって滅びたか。実の弟の手にかかるのであれば本望であろう」スカルラーベの声でリギスがつぶやいた。

次の瞬間、突然、現れた半透明の槍がスカルラーベの胸をつらぬいた。手にしていたのは全身が炎につつまれたアストロラーベだった。

「油断したな。炎はサラマンダーの血を引く私を強化すると言わなかったか？　熱はすべて私自身の体内に取り込んだ。今、お主に注入したのは、手つかずで残っていたレテ川の水だ」

忘却の川の水を注入されたリギスが、がっくり頭を垂れた。

アストロラーベは思った。

また生き残ってしまったか……

さすがの唄姫リギスも戦闘能力の判断を誤ったか。私を倒したかったならばマクミラやスカルラーベではなくアフロンディーヌになればよかったのだ。やすやすと、いや望んでころされてやったものを。あるいは私が一番会いたかったアフロンディーヌに会わせなかったのだから、これこそ「なやますもの」の真骨頂か？　フッ、冥界の軍師ともあろうものがなにをバカなことを考えているのか。

気がつくと、アストロラーベの第三の部屋の勝負が長引いたため、残り時間はわずか百十一分間になっていた。

9 さかさまジョージの魔術

マクミラ陣営がアストロラーベの勝利にホッとしていると声が聞こえた。「冥界の軍師もヤキが回ったか。狙いはお前ではない。回りを見ろ！」

皆が見ると、数千枚の鏡がドロドロに溶けていた。

ケケケッケッケ！

甲高い笑い声の方を見るとさかさまジョージが飛び出した。「打ち合わせをしたのが自分たちだけと思い込むなんてバカじゃない？　マクミラねえちゃんが作らせた四つのテーマパーク最後の建物アポロノミカンランドでは、魔術の研究もしていたのさ。さあ、ここで巨大合わせ鏡を作らせてもらうよ。アストロラーベ兄ちゃん、一回は見届け人も助っ人に入れる約束だね。今は人間時間で真夜中の十二時。合わせ鏡を作れば魔神スネールを呼び出せるのさ」

「そんな魔術は聞いたことがない」マクミラが異議を唱えた。「本来、無限に広がる虚無空間に映った鏡から鏡を渡る悪魔の尻尾を聖書ではさむと捕まえられるのであろう？」

「ケッケッケ、僕がそう決めたの。ここはなんでもアリの精神世界。精神力がすべて。ボクの思いこみの力を見せてやる!」

ジョージが逆立ちしたままでなにやら呪文をとなえ始めた。

精神世界の悪魔たちよ
我が呼びかけに答え、導くものを呼び出す手助けをするがよい
さもなくば冥界の業火が、一万年の永きにわたり汝らを苦しめるであろう
火ぶくれはふくれあがり、ヤケドからは苦しみの種が生まれるであろう
魔界の住人たちよ
我が呼びかけに答え、率いるものを呼び出す手助けをするがよい
さもなくば利口ぶった愚者が、世界を支配下に置き有頂天となるであろう
愚者の支配は、耐えがたい飢えと疫病を隅々にまではやらせるであろう
汝たちは知っているはずだ
太古の昔よりの定めによって
今宵、魔神スネールがよみがえりすべてを変える
今こそアポロにミカンの力によって
四人の魔女の元に再臨するがよい

魔神スネーール！

次の瞬間、精神世界そのものが轟音を立てて大きくゆれた。巨大な苦しむ蛇が鏡の中に現れてのたうち回っていた。合わせ鏡はいまや魔神を四人の魔女陣営とマクミラ陣営に会わせるための「逢わせ鏡」となっていた。

直接闘ったもの以外は伝説に聞くだけの魔人スネールがその姿を現した。その黄色い瞳は見るものを金縛りにし、その頭にはまるで龍のような鶏冠が二本生えておりアゴの下には不気味な前垂れが垂れ下がっていた。獰猛なワニのようなキバがびっしりと生えたアゴは耳まで裂けている。

四人の魔女たちの中で一人残ったドルガが目を輝かせている。

アッ！

さかさまジョージが声を上げた。ドルガがアポロノミカンを奪い取ったからだった。

最終章

1 魔神スネール再臨

「ドルガねえちゃん、何をするんだ？　アポロノミカンは魔人をつかまえるためにボクが持ってきたんじゃないか」

「スネール様は降臨する前にマクミラに魂を奪われていた。アポロノミカンを見せて、新魔人として生まれ変わっていただくのだ」

「ま、待つんだ！　アポロノミカンを人間以外のものが見せたことはまだない。何が起こるかは誰にもわからないんだよ」

「さかさまジョージ、お前らしくもない。何が起こるかわからないからこそ、やってみるべきではないか？」

ウッ、さかさまジョージがうなった。

ドルガの鋭い爪が特殊ガラスケースを砕く。


だが次の瞬間、アポロノミカンが圧倒的思念で語りかけてきた。

（死の神の娘よ、今、儂とお主だけは異なった時間軸にいる。ちょっと話をしようではないか？）

夏海と合体したドルガが声に出して答える。「何ごとだ？　『神導書』は『悪魔姫』に力を貸すのは不満か？　我が望みはスネール様と共に世界を再構築することじゃ。やり方が気に入らないならばはっきり言うがよい。そうでなければだまっているがよい」

（アスクレピオスが作った儂も、しょせんは「歴史」のパワーの一部にすぎん。それにお主がここで儂を開くのもすでに予言されていること）

「それなら何の文句がある？」

（文句などはない。儂はこれまで予言するだけの存在だったし、これからもそれ以上でもそれ以下でもない。ある種の人間どもは、儂を手に入れることで何かを変えられると勘違いしていた。もしも儂を狙って手に入れられたのならば運命がそうなっていただけ）

「年寄りの話はまわりくどくてかなわん。何が言いたい？」

（たしかにまわりくどかったな。儂はどうやら神々のゲームに踊らされるお主たちが好きになったようだ。といって何かをしてやることはできない。儂にできるのは、心構えを伝えることだけじゃ）

「心構え？」

（お主が取り付いた夏海の心をのぞいてみろ。チョイス・イズ・トラジックというメッセージが見つかるはずじゃ）

「チョイス・イズ・トラジック？」

（『悪魔姫』と呼ばれて気ままに暴れ回っていた時のお主とは、人間に取り付いた今では立場が変わってしまったのじゃ。人間は神々のように気まぐれには生きられぬ存在じゃ。人間は自らの行動を選

択する自由を持っている。だが一度選択をしたら、その選択には責任を持たなければならぬぞ）
「上等よ！」
次の瞬間、ドルガは元の時間軸に戻っていた。

2 ドルガのチョイスはトラジック？

「スネール様！」翼竜の羽ばたきのたびに小さい竜巻が起こるドルガがアポロノミカンを差し出す。

「こちらをご覧ください」

左の鏡から右の鏡に移ろうとしていたスネールの目が釘付けになった。

グムオーーン！

「オオ、スネール様が進化される……」

悪鬼の形相をした蛇が巨大化、凶悪化し始めた。次にスネールの口から出た言葉はドルガの想定外だった。

「マ、マ、マクミラ……」

「マクミラだと!?　やはりアポロノミカンをもってしてもダメか……」

「マクミラはどこじゃ？　我はマクミラを守るために人間界で待っておった。おお、愛しいマクミラよ。そこにおったか」

マクミラがハスキーボイスで言い放つ。「魔人ともあろうものが時と場所をわきまえろ。緊張感のない奴め。せっかく三つの部屋の闘いで場が盛り上がっていたのに台無しではないか！　わたしは誰も愛さず、氷結地獄に送り込んだ悪鬼以外は誰からも愛されぬ運命。いちいちお前たちの求愛を受けていたらいくつ身体があっても足りない」

「恥を知れ」そこまで聞いていたドルガが「爆破するもの」の本領を発揮した。死の翼の羽ばたきが強まる度、起きる竜巻も大きくなっていく。両眼が輝いた瞬間、自ら意志を持ったかのように翼から生じた竜巻がスネールを襲った。

バリ、バリ、バリ…

ドリルのような音を立てる竜巻が爆発するとスネールが巻き込まれて異次元空間に飛んでいってしまう。冥界最強技の一つとおそれられたファイナル・フロンティアであった。跡形もなく消え失せた魔人がどこにいくかはドルガ自身にもわからない。だが、彼がもう二度とこの世界に戻ってくることはない。それもこれまでは……であったが。

「魔人よ、待つんだ！　このままじゃ無駄死にじゃないか。ボクと合体だ！」言うが早いかさかさまジョージが逆立ちのままスネールに向かって飛び出す。

ウウウッ、マクミラ……。スネールはつぶやき続けていた。

さかさまジョージはアポロノミカンをドルガの腕に残したまま、スネールと共に合わせ鏡の中に消えていってしまった。

アポロノミカンをマクミラへ放り投げながらドルガが言う。「さあ、最後の部屋へ行こう。これは返しておく。目障りな合わせ鏡などどこうしてくれる」ひときわ強い羽ばたきを見せると、ファイナル・フロンティアが発生して二枚の巨大な鏡は異次元空間へと吸い込まれていった。

3 ナイン・ライヴス

伝説の魔人の強さを知るマクミラがつぶやいた。

「おどろいた。魔神スネールさえ異次元空間へ送り込んでしまうとは……」

ドルガが振り向いた。「よいか、ここまでは想定内。お前にすがるスネール様のなさけない姿を見ることで汚れた世界で落ちぶれた我の力は完全復活した。貴様の愛しいダニエルなどひとひねりにしてくれる」

普段でも青白いマクミラの顔が蒼白になった。

「俺は、そんなに簡単にやられるつもりはないぜ」精神世界に来て以来、頭痛の止まらないダニエルが絞り出すように言った。

「さあ、嵐が吹き荒れる部屋へ移動だ！」アストロラーベが宣言する。

嵐の吹き荒れる部屋は立っていられないほどの暴風雨だった。例によってアストロラーベが立会人たちのためにセイフティゾーンを作る。

アストロラーベが語りかけた。「死の神トッドの娘ドルガよ。プルートゥ様の遠縁にあたるお主は冥界でも名門中の名門の出。なぜ魔人スネールなどと組むようになったのか語ってはくれまいか？」

「よかろう。冥界の貴公子が人間界まで追って来てくれたのだ。それくらい教えてやってもバチは当たるまい」

マクミラは、また悪い癖が出たと舌打ちしたい気分だった。

第三の部屋の勝負が終わった時点で百十一分あった時間は、さかさまジョージの手出しで九十九分に減っていた。無駄にする時間は一分どころか一秒もありはしないというのに……しかし、アストロラーベは不利になればなるほど意識的なのか無意識的なのか余計な手間をかけたがる癖があった。これまでは、そうした余裕が裏目に出たことが無いにしても、今回は胸騒ぎがしてならない。

「その前に確認しておきたい。最後の闘いに勝利したならば我らに自由を与える約束だったな？」

「神に二言はない」

「よし、知りたいのはなぜスネール様と関わるようになったのかだったな。よいか。我ら死の神の一族は九つの魂を持っている。だから、八回までは殺されても生き返る」

「死の神一族の九つの魂の噂なら聞いたことがある。今回の闘いではどうすればよいのだ。お主を九回殺さなければならないのか？　それとも一度でも殺せば我らの勝ちなのか？」

「もちろん一度でも殺せればお主たちの勝ちだ。ただし、九回殺すことはできない。なぜなら我はすでに生涯に一度殺されたからだ」

「その相手が魔人スネールだったのか？」

「違う。我が父じゃ！」

ドルガが実の父に殺されたと聞いて、さすがに皆が息を飲む。

「どうした。父の我に対する仕打ちを知って臆したか、冥界の貴公子殿」

「なぜ、そんなことを？」

「父は、母の堕天使ファンタミアと地上で契りを結んだことを後悔していた。母は美しかった。美しすぎたと言ってもよいほどに。美しいが移り気な母は我を産み落とすと次の恋を求め、父の元を去って行った。捨てられた父は表面的には仕事をこなしていたように見せていたが、独りになると会えなくなった母を忘れられず苦しんでいた。そんな父があわれでならなかったから我は救ってやろうと思ったのだ」

「つまり、殺してやろうと思ったのだな？」

4 ドルガの告白

「お主たちの言葉で言えば、そうなるのかもしれぬ。当時は九つの魂のことは知らなかったから……我ら一族から見れば死こそ究極の安楽であり憩いの場なのだ。真意がわからなかった父は襲われたとき本気でやり返してきた。最初の死を迎えた我は悪魔姫ドルガとして生まれ変わった。それからのことはお主の方がくわしいであろう」

「なるほど。死の神トッド様がお主のことを黙して語らぬわけだ」

「同情など犬も食わぬぞ。最後の闘いを始めようではないか」

　般若の形相になったドルガがスッと飛び立った。暴風雨をもろともしないどころか暴風雨が友人であるかのようなすずしい顔である。

　ダニエルもセラフィムが持つ六枚の羽を広げてスッと飛び上がる。ただし羽は金色ではなく暗黒色だった。こちらも暴風雨を苦にしていない。

　二人の回りの暴風雨が一気に激しくなった。まるで二人が激しい風雨をすいよせるかのように。

「感じるぞ。堕天使ダニエル、お前の精神力が強まって行くのが。だが、天使と堕天使とヴァンパイアという三つの力が一つの身体で勢力争いをするのに、もう耐えられないのではないか?」

「大きなお世話だ。俺の命はお前を倒すまで持てばそれでいい」

「まずは小手調べと行こう」

言うが早いかドルガの鋭い爪がダニエルに襲いかかる。

だがダニエルがドルガの手首をつかむ方が先だった。ヴァンパイアの鋭い爪がドルガの肌に食い込んで行く。

「ほう、金色の鷲と呼ばれたペルセリアスの業は衰えてはいないか」

「そんな名は忘れた。俺は今では堕天使ダニエルだ！」

「たしかに、もう金色ではなくなったな」

「時間がない。いろいろな意味で。勝負を急がせてもらうぞ。地獄で後悔しろ！　ミックスト・ブレッシング！」

ダニエルの右眼から白い熱線が、左目から黒い熱戦が発せられた。

黒い熱戦が黒色火薬のようにドルガを幾重にも包むと、一瞬後に白い熱戦が時限爆弾のように発火した。煙と暴風雨のせいで立会人たちにはまだはっきりと見えないが、ダニエルの必殺技が炸裂したことだけはわかった。

煙が消え去ると羽がすすけただけのドルガが中に浮いていた。無敵の悪魔姫にはやはりかなわないのかと皆が思った瞬間、ダニエルをみて絶句した。ダニエルの右半身が金色の鷲ペルセリアスに戻り、左半身が暗黒の堕天使ダニエルになっていた。

心眼で右半身と左半身が分離したダニエルを感じて、マクミラは気が気でなかった。おかしい!?

アポロノミカンの予言が外れるのか？

5 分離するダニエル

すべてを燃やし尽くす蒼き炎が
すべてを覆い尽くす氷に変わり
猛々しき白骨が愛に包まれて石に変わり
冥界の神官が一人の人間の女に変わる時
巨大な合わせ鏡が割れて
太古の蛇がよみがえり
新たなる終わりが始まりを告げて
すべての神々のゲームのルールが変わる

ここまでは、アストロラーベの思い通り進んでいる。

時空変容ミラージュの儀式によって起きた「すべてを燃やし尽くす蒼き炎が」、第一の部屋で「すべてを覆い尽くす氷に変わり」ナオミが氷天使メギリヌに勝利を収めた。第二の部屋では、「猛々しき白骨が愛に包まれて石に変わる時」、スカルラーベが蛇姫ライムと引き分けた。だが、第三の部屋では、アストロラーベが唄姫リギスに辛勝したものの「冥界の神官が一人の女に変わる時」などなかったではないか？　だが、「巨大な合わせ鏡が割れて」しまっても「太古の蛇はよみがえり」をするどころか異次元空間に飛んで行ってしまった。「新たなる終わりが始まりを告げて、すべての神々のゲームのルールが変わる」とは、いったい……

「心配するな」気がつくとアストロラーベが近くに来ていた。「ここまでは計算通り。ケネスが身を犠牲にしてシンガパウムを呼び出したことも、スカルラーベの呪いが解けたことも、唄姫リギスにかろうじて勝利したことも。だが、ダニエルとペルセリアスに身体を提供しているクリストフが精神世界でどうなるかは予測できなかった。ここは、精神がすべてを支配する世界。ミックスト・ブレッシングのように相反する精神体から発せられるエネルギーの技はとても危険なのだ。よいか、アポロノミカンの予言は当たっている。愛に目覚めたお前はすでに冥界の神官から一人の人間の女に変わっているのだ！　これ以上ダニエルに技を使わせると身体が分離してしまって完全体では元の世界に戻れなくなるぞ。マクミラ、愛するもののために全力で闘ってみろ！」

アストロラーベの言葉を聞いてマクミラは飛び出した。

マクミラが傍らに寄り添うとダニエルがしぼり出すように言った。

「まだ終われぬ。こんなところでは。お前は冥主からしたら取るに足らない汚れ仕事を与えられて、最低の人間たちとつきあわされて……俺以外は知らない。お前が最低の人間たちと気分が悪くなり吐き気が止まらなくなりながら、与えられたゲームの役割を演じるためにどれだけ苦しんでいるか。必ず生き残って汚れ仕事はすべて俺が引き受けてやる。マクミラ、見てろよ」

6 ドルガの回想

マクミラが一瞬沈黙した後で言った。「今、わかった。ずっと考えていた問いの答えが。プルートゥは素晴らしいことをしてくれたのだ。わたしを不死者にしなかった。偽りの人生を不本意に生きるよりも偽りのない愛に死にたい。もうゲームのコマとして生きるのはやめだ。わたしはこれから生きたいように生き、死にたいように死ぬ」

マクミラが宣言した。「ドルガ、勝負だ！」

「冥界時代の万分の一のすごみもないお前が勝てると思っているのか？　ピュリプレゲドン・フィップ程度の技では蚊に刺されたほどにも感じぬ」

「リギスのまねごと、ピュリプレゲドン・フィップのようなねむたい技を使う気はない。数段進化したマキシマム・ピュリプレゲドンでお相手しよう」

「なんだ、それは？」

「自らを炎の化身として相手を焼き殺す技だ」

「ムダだ」

「なに？」

「ムダと言っているのだ。火の川ピュリプレゲドンに関連したいかなる技でも我は殺すことはできないのだ。さっきは言わなかったが、我が父トッドは我をピュリプレゲドンの業火で焼き殺した。我ら死の神の一族は一度殺されれば同じ方法で二度殺すことはできない。そして殺される度に新しい能力をもってより強い姿で再生する」


ドルガは自らが死の神トッドに殺された時のことを思い出していた。かつて彼女は気高い雰囲気を持った長い黒髪が自慢の美しい娘だった。父の部下で当時はまだハンサムな顔を持っていたタナトスや召使いたちに囲まれて、冥界のプルートゥ宮殿で何不自由ない毎日を送っていた。きびしいがドルガに愛情をそそいでくれる父が失った母からの愛を求めて苦しむ姿を見ることが、彼女にはつらかった。死こそ安らぎ、すべての苦しみからの解放と教わって来たドルガはトッドに死を与えてやろうと思った。

プルートゥの閻魔帳を見る権限を付与された数少ない一人であるトッドは、家でも閻魔帳と首っ引きで仕事をしていることが多かった。

ある日、音もなく後ろに回ったドルガはいきなりトッドの後頭部から背中にかけて真っ二つに裂けよと猛禽類のするどい爪を引き下ろした。高速で走っていた列車が急ブレーキをかけたようなすさまじい音が響き渡った。ドルガのするどい爪も冥界屈指の強者トッドの背中には一筋の傷を残したにすぎなかった。

7 ドルガの提案

気づいたときには本性であるレッド・ドラゴンに変身した父トッドの口から、火の川ピュリプレゲドンの業火が吐き出されていた。炎は彼女の身体を着実に焦がしていった。まず美しい翼が焼けただれ、髪の毛が燃えさかり、着飾った服が燃え上がり、皮が剥け、肉が焼けこげ、最後には骨まで炎に溶けていった。

しかし、ドルガは生まれてからこれほどの陶酔を感じたことはなかった。死とはこれほどまでに甘美なのか。これほどまでに自らを解き放ってくれるのか。これほどまでに父の愛を感じることができるのか。

最後に目の前にあったのは、怒りが解けて死の神の姿に戻って自分の娘を殺したことに茫然自失とするトッドの顔であった。それでもトッドはドルガを許さなかった。

理由は、父を殺そうとしたためではなく不意打ちをくわせたためであった。卑怯と非難されようとはドルガは夢にも思わなかった。ただ子供なりに確実に父を殺してやろうとしただけだった。最初の死を迎えてドルガは死神の姫としてではなく、父の怒りを吸い取ったかのような「悪魔姫」として転生した。彼女は父の愛とひきかえに秘技ファイナル・フロンティアを身につけた。

父トッドはドルガに短い別れの言葉を残した。

「よく聞くがよい。これが我が親としてお前に話しをする最後の機会である。死とは崇高なものであり、軽々しくあつかったり、ましてやもてあそんだりするものではない。人間はもちろんたとえ神々であっても一つの生において一つの死しか得ることはできぬ。その重い価を持つ死を司る死の神一族だけが九つの魂を持つことを古より許されている理由だ。闘いを挑むのは、かまわぬ。だが、たとえ何も分からぬ子供であったとしても、父に平静を与えようとしたのであったとしても、不意打ちで死を与えようとしたことはけっして許せぬ。これより父でもなければ娘でもない。悪魔姫として勝手に生きてゆくがよい」

「おい、どうしたのだ」

ドルガはマクミラの声で我に返った。

「マクミラ、お前は兄たちと比べるとサラマンダーの血が薄いのであろう？　数千度の炎に耐えるアストロラーベや一万度の熱さえもろともしないスカルラーベではないお前が自らを炎の化身とするなど自殺行為ではないか」

「大きなお世話だ」

ドルガがアストロラーベの方を振り向いた。「おい、軍師殿。話がある」

「いったいなんだ？」

8 ドルガの約束

「四番目の部屋の闘いの褒美は我ら四人の自由であったな」

「その通りだ」

「我の不戦勝を認めるなら、ここで闘いをやめてもよい。悪い話ではあるまい。知っているぞ、六百六十六分間のタイムリミットも。今、闘いをやめれば時空変容ミラージュの儀式を解くにはちょうどよいではないか。堕天使ダニエルは分裂寸前。マクミラは、命がけで最後の賭に出ようとしている。無敵の悪魔姫の伝説を知るものなら、二人に万に一つの勝ち目もないことを知っておろう」

「最初の三つの部屋の勝負は、こちらの勝利か引き分けになっている。あえてお前たちの自由を奪うために危険をおかす必要性はたしかにもうない」

マクミラがおこりだす。「同情などまっぴらだ。正々堂々闘わせろ」

「聞き分けのない女だな。我は死の神の娘。死を軽々しく扱う奴には一番腹が立つ。お前たちは、たった一度きりの命をどうしてもっと意味のあることに使おうとしない。まあいい……愚か者とはこれ以上議論しても始まらぬ。もうすべてがどうでもよくなったのじゃ」

「どうでもよくなった？」

「スネール様はアポロノミカンを見てもいまだにお前に未練タラタラ。お前はお前で、愛に生きるとか歯の浮くようなセリフをはく有様。誇り高き悪魔姫が相手をするにはふさわしくない。それに、我はこの闘いの前からすでに死ぬことに決めていたのだ」

「あと八回殺されなければ死ねないはずではなかったか？」

「我ら死の神一族は、自ら死を選んだときにだけはよみがえらずに死ねるのだ」

「まったく面倒くさい一族だな。せっかく拾った命だ。以前のように魔女四人組で自由にあばれまわったらどうだ」

「そうはいかぬ。精神世界に来たとき我が夏海の声でトミー坊主に言ったことを覚えていないか」

「たしか……坊や、これは夢の中なのよ。すべて終わればベッドの中で目覚めることができるわ、とか」

「さすがは元冥界の神官。りっぱな記憶力だ」

「世辞を言っている時ではないだろう。だが、そのセリフがどうした」

「神には二言はない。たとえ堕天使に落ちても、まだ神のプライドを失ってはいない。たとえ小僧との約束でも一度ちぎった約束は守られねばならぬ。そのために自ら命を絶つことが必要なのだ。魔女に取り憑かれた人間は魔女が離れるときにその人間は死ぬ運命にある。呪われた魔女は地上のとどまるためにまた別の取り憑くべき人間を求めてさまよう。唯一、取り憑かれた人間に魔女が身体を返す手段がある。それが自ら望んで死神タナトスの死の鎌によって首を落とされることじゃ」

「よいのか、それで？」

「お前らしくもない。情けをかけるのか」

「情けなどと、そんなことではない。だが、お前ほど憎らしい相手には滅多に会えぬからな。あっさり死なせるのはもったいない」にやりと笑ったマクミラのするどい犬歯がのぞいた。

9　ドルガの最後？

「気持ちだけもらっておくとしよう。自ら命を絶つのは、死を最上の体験と位置づける死の神の一族にとって最大の罪。それゆえ、よみがえることはできなくなる。我が望むのは『不死身の悪魔姫』の伝説のみじゃ。伝説になってしまえば未来永劫に名誉を得ることがかなう。人間共はわかっていないようだが、死はけっして恐れるべきものではない。意味のある死を生きるため、生のすべてはあるのじゃ。無意味な生にしがみつくことなどに何の意味がある？　それに我が取り付いた夏海という娘、精神力がなかなか強い。すべてを取り込んだつもりが完全には取り込めなかったようだ。日に日に息子トミーを思う気持ちが我の心中にも育ちつつある。フン、くだらない母性愛やらと笑うがよい。さあ、もうおしゃべりは終わりだ」

ドルガが上空に向かって叫んだ。ターナートース！

暗雲が立ちこめると青白いドクロの面をかぶった死神タナトスが蒼ざめた馬に乗ってこつ然と現れた。ドルガが語りかける。

「我は死の神トッドの娘ドルガなり。我が命を断ち、夏海という娘の魂に再びこの身体を与えんと欲す。四人の魔女の内、精神世界の闘いに独り勝利したのだ。我が父の名においてなされた気まぐれを聞いてもよいであろう」

一瞬、迷ったタナトスだったが、切れ味するどい大鎌を振り上げるとドルガの首を落とした。なぜか仮面であるはずの目から涙が一筋流れた。

タナトスはおそば仕えだった頃からドルガをずっと愛していたためだった。ドルガはそうした気持ちを知ってか知らずか、自らを愛する相手に命を奪う役を演じさせた。タナトスはドルガの見開かれた両眼を手で閉じると暗雲の中に立ち去って行った。

ドルガの死を見届けたアストロラーベの行動はすばやかった。

時空変容ミラージュの儀式の終わりを告げる呪文が始まった。

大いなる時よ、再びその歩みを始めよ
大いなる時よ、しばしの眠りを解き

大いなる時よ、我らを元の世界に戻すがよい
大いなる場よ、再びその動きを始めよ
大いなる場よ、しばしの眠りを解き
大いなる場よ、我らに人間界への帰還を許すがよい
メギリヌ、ライム、リギス、アストロラーベ、スカルラーベ、マクミラ、ミスティラ
そしてすべての神界に所縁あるものたちよ
いざ、我とともに人間界へ戻り行かん！

気がつくと全員がパフォーマンス・フェスティバルの舞台に戻っていた。

マクミラがアストロラーベに聞いた。「どうするの？」

「知れたこと。ショーは続かねばならぬ（"The show must go on."）。大丈夫だ。観客の記憶は第四幕直前で止まっている」

全員がアストロラーベの答えにうなずくと「砂漠の魔人の城～ミラージュの伝説」の後半部分が始まった。

だが、アストロラーベは安心のあまり気づかなかった。

ミラージュの儀式が終わる瞬間、六百六十六分間のタイムリミットをコンマ六秒すぎてしまっていた。

さらに涙で目を曇らせたタナトスが大鎌の手元を狂わせたため、精神世界に残されたドルガには首の皮が一枚残っていた。

誰もいなくなった精神世界で一陣の突風が吹いたとき一度閉じられたはずの悪魔姫の充血した双眼が見開かれた。

エピローグ

こうして人間界に来てから二十年目のわたしのクリスマスが終わった。

冥界時代には誰も愛さず誰からも愛されなかったわたしが愛に人生をかけるとは夢にも思わなかった。もっとも生きながら死んでいるヴァンパイアの生き様を仮に「人生」と呼べるのならばだが。おろかだ。まるで、わたしがおろかだと嫌っていた人間だ。これまではキル、カル、ルルだけが側にいてくれればよいと思っていたが……

四つの部屋の闘いの後のことも話しておこう。

兄上たちと妹はフェスティバルの後、冥界に帰って行った。

アストロラーベ兄さんは人間界での体験がよほど楽しかったようだ。お前がうらやましいなどと、おかしなことを言っていた。

美丈夫に生まれ変わったスカルラーベ兄さんは蛇姫ライムとの結婚を決めた。さぞかし強くて、美しい子供たちが生まれるだろう。ただしライムが離れてしまうと踊り子シェラザードを殺してしまうため、彼女の寿命がつきてから冥界で結婚することになった。一人で待つのはさびしくないかと尋ねられて、いったい俺が何千年の間、孤独だったと思ってるんだと答えていた。

妹のミスティラは人間界で過ごしてから少し自信がついたようだ。くだらない男たちであってもちやほやされたのが効いたのだろうか?

唄姫リギスは踊り子ザムザとして人生を過ごすことになった。ミュージカルの舞台が気に入ったようだ。元々能天気だったのが忘却の川レテの水を注入されてから、さらに能天気になったらしくザムザの寿命が尽きてからのことはそのとき考えると言っている。

氷天使メギリヌも踊り子ユリアとして人生を過ごすことになった。ユリアの寿命が尽きた後は、闘いを通じて尊敬するようになったシンガパウム殿の下で海神界のために働きたいと思っているようだ。

悪魔姫ドルガに取り憑かれていた夏海は踊り子として活躍しながらトミーと仲良く暮らしているようだ。

ナオミとは会場で別れたきりで、その後のことは知らない。まあ、元気でやっているだろう。

わたしのことも聞きたい?

自身をあれこれ語る趣味はないが、ここまでつきあってくれた礼に少し語っておこう。「ゲーム」のコマとして最低の人間たちとつきあうことは願い下げと決めた。冥主の怒りを買おうが刺客を送り込まれようがかまいはしない。ダニエルは人間の姿のときはなんとかなっているが、もはや堕天使に変身してミックスト・ブレッシングを使わせるわけにはいかない。側にいて様子を見てやらなくては……

だが、勝利の安堵感で心眼に曇りが生じていたのか、わたしは見落としをしていた。アポロノミカンの予言は、やはり当たっていたのだ。

　新たなる終わりが始まりを告げて
　すべての神々のゲームのルールが変わる

一年後、「新たなる終わりが始まりを告げて」すべて変わってしまったルールの下でわたしたちは再び「神々のゲーム」を闘うことになるのだった。気が向けば、いつかその物語について語ることもあるかも知れない。

我が名はマクミラ。

意味ある人生を生きるために自らの意思で生きると決心した元冥界の神官だ！

＜著者紹介＞
財部 剣人（たからべ けんと）
1960年茨城県生まれ。獨協大学外国語学部卒業。米国カンザス大学及びノースウエスタン大学ディベート・コーチ、南カリフォルニア大学アネンバーグ・コミュニケーション学部客員教授を経て、現在、関東地区某私立大学文系学部教授。
著書に『マーメイド クロニクルズ第1部　神々がダイスを振る刻』幻冬舎 2016年。

本編の続きはGooブログ「財部剣人の館」で公開・更新中

マーメイド クロニクルズ第二部
吸血鬼ドラキュラの娘が四人の魔女たちと戦う刻

二〇二一年九月十日　初版第一刷発行

編　者　財部剣人
発行者　原　雅久
発行所　株式会社 朝日出版社
〒一〇一-〇〇六五　東京都千代田区西神田三-三-五
TEL　〇三-三二六三-三三二一
FAX　〇三-五二二六-九五九九

カバーイラスト　きしもと あや
DTP　株式会社フォレスト
印刷・製本　協友印刷株式会社
ISBN978-4-255-01242-1 C0095